李昌民、張文莉 著

序

「愛」是什麼？愛是長期關懷。

你關懷他，他關懷妳，照顧妳，疼惜妳，一生一世肯為愛犧牲。

「家」是什麼？家是看見自己幸福的地方。

在家裡任你哭，任你笑，任你不講理。

我倆的相識相知是一個偶然，記得當年的結婚典禮猶在昨日，證婚人稱讚我們是「郎才女貌，天成佳偶。」如今照照鏡子，不免相視一笑，看到彼此都是一頭皚皚白髮，頓覺那種微笑帶著幾許悽迷。

那麼，就讓我們一起變老吧！

老，並不可怕，搭乘公車還有人讓坐呢！只是想不到會老的這麼快。不知不覺已屆花甲之年，算算兩人的歲數，加起來也有一百五十歲了吧！

我們是名符其實的模範（饃飯）家庭，男的是大陸北方人，愛吃「饃」，女的是寶島姑娘，愛吃「飯」。日久天長產生共鳴共振，男的也吃起飯來，女的也啃起饃來了。

縱然雙方家世不同，生活習俗各異，但彼此能夠相互扶持，相互體諒，豈不是姻緣天註定。

常聽人說：「夫妻要相敬如賓！」「賓，客人也。」難道要把另一半當客人看待？其實，這裡所指的是尊重對方的意思。只要能包容彼此的差異，接受對方的缺點，一生一世和樂融融。

我倆一直抱著一顆感恩的心，感謝有你伴我一生，度過了多少風風雨雨。使得日子愈過愈甜蜜，愈過愈精采。在彼此的眼裡：

妳是我的花朵！

你是我的依靠！

我們深深體認：一個快樂的家庭，丈夫是導演，妻子和兒女們是演員，是喜劇？是悲劇？要看導演而定。不過，妻子和兒女們也要配合，演好自己的角色。

謹將我們兩人的生活點滴，撰成小品文章，希望你能喜歡。真真是：

相愛相戀是奇緣，

卿卿我我多纏綿，

嗑嗑牙來鬥鬥嘴，
琴瑟和鳴樂陶然。

李昌民
張文莉

CONTENTS

張文莉之部

李昌民之部

眷村之戀

眷村使我們無後顧之憂，帶給我們一種安全感、幸福感、以及守望相助、和和樂樂的情懷。

每次休假回家，提著手提包，走在寧靜的眷村小巷裡，看到低矮的圍牆，一棟棟紅磚綠瓦的房舍，內心便充滿無限的安慰與喜悅，心裡想：「到家了！妻和小兒女們一定在倚閭而望。」

那個時候軍人只能一週休假一天，若遇當值星官、演習或者戰備，兩週、一月，即使半年休假一次也是常有的事，至於駐防外島更不用說了，往往一至兩年才能回家一趟。因此，經過長期的等待，長期的忍耐，長期的嚮往，嚮往著家是多麼的甜蜜，多麼的溫馨，令人眷戀不已。

記得民國五十三年剛結婚的時候，租了一間斗室，既黑暗又潮濕，廚房與廁所共用，換句話說要輪流做飯，輪流入廁，當然不要說洗澡了，僅祇能端一盆水到房間擦擦身體已夠

奢侈。既然起居、飲食都在房間裡，如有親朋好友來訪，也是坐在床邊聊天。而且房租貴得驚人，約佔薪餉的三分之一。再去掉每月電鍋、電扇、單車的分期付款，以及孩子們的奶粉錢，所剩無幾。每次妻拿著幾塊錢提著菜籃到市場去買菜，東望望，西瞧瞧，買了這就不能買那，除了過年從不買肉，通常買回來的就是絲瓜和空心菜，因此，我家頓頓都是絲瓜麵線湯，空心菜炒薑絲。無可奈何，妻只好在附近空地開闢一片菜園，自力更生。

結婚次年兒子出生，幸運地又分到一棟丁種眷舍，雖然看到有人分到兩房一廳的「乙種型」，有人分到一房一廳的「丙種型」，我們分到的是沒有房間的「丁種型」，但這已使我們心滿意足了。丁型眷舍雖然沒有房間，我們可以睡在客廳裡呀！房子小有房子小的好處，好打掃，好整理，不用添傢俱，直直的一棟通風良好，一目了然，藏不住半隻蟑螂。至於「甲種型」眷舍是什麼樣子？我連見都沒有見過，想來那一定是花園洋房了。

有了屬於自己房子最大的好處就是了無牽掛，無後顧之憂，我在營房裡可以放心地操練，可以安心地演習，可以專心地戰備，可以全心全意地受訓。因為眷村有自治會，有醫務所，好像一個有組織有紀律的小團體，如果誰家有困難或意外事故發生，透過鄰長反應給自治會，當可受到妥善解決。如果誰生了病，便可享有免費醫療照護。

住眷村既不用付房租，也不用繳房屋和地價稅，使我們的家庭經濟負擔減輕不少，眷舍如有天然損壞，修繕費用還不要自己出，想不到天下真有「白吃的午餐」。

自治會為了提高眷戶收入，特別推行「代工制」，結合相關廠商，如零件組合、鈎花、織帽子、圍巾、車布邊、縫拉鍊、釘鈕釦等，按件計酬，看起來每件雖只一兩毛錢，一天下來也有好幾塊賺頭。只見眾家嫂子們三五成群坐在一起，邊聽收音機，邊做起家庭副業來，其樂融融，日子也好打發。有些人好勝心強，往往深更半夜，在孤燈如豆下，繼續加工直到天亮，自然成果不凡。眾家姐妹見了爭相效尤，好似手工比賽。

五百家眷戶只有一口深水井，一座小型水塔，每天上、下午各放水一次，每次一小時，流量小，水不夠用，馬達常壞。再者，廁所係安裝抽水馬桶，如果缺水，臭氣薰天，因此，為了解決水荒，只有向外發展。大凡鄰近農村的幾口水井，妻子都曾光顧過，每天下午「運水」的景象熱鬧極了，挑水的、抬水的、提水的、推水的絡繹於途，整條道路濕漉漉的，一趟又一趟，好似趕廟會。

當妻子身懷第二個孩子期間，肚子越來越大，有一次用嬰兒車推水不慎滑倒，連人帶車跌落水溝，頭碰了一個大疱，險些流產。鄰居太太們見狀力勸妻子不能再勞動，發動左鄰右舍逐日輪流供水到我家，令人感念不已。

有次小兒重病，醫務所屢治不癒，妻打電話到營房，我因戰備期間不能請假外出，並說：「我又不是醫生！」也許這句話傷透了妻子的心，使得她的個性愈來愈能堅忍不拔。爾後，不論家中發生再大的事情，她都自行解決，迎刃而解，不再打電話給我，以免增加我的困擾。因為她已深深體會出，做軍人的丈夫性命都是國家的，何談其他。甚至日後得了盲腸炎，轉成腹膜炎，差點要了命，她都咬緊牙關，自行就醫。

「撈魚了！撈魚了！」只聽一聲吆喝，全村總動員，有人拿著笊篱，有人提著水桶急忙往池塘趕去。因為眷村旁有個大池塘，自治會每年買些魚苗來放養，大約一年光景，池裡的鯉魚、草魚、鯽魚都有一斤多重。村幹事頭天晚上先把池水放光，只見魚兒活蹦亂跳，整個池塘就像開了鍋的沸水，人們也興奮得跟著鼓躁。只弄得一身濕透，滿臉污泥，結果，每戶分得幾條魚，嘻嘻哈哈各自回家，今晚，又可打牙祭了。

當我們的第二個孩子快要出生的時候，為了做月子的事妻甚是煩惱，後來買了二十多隻小雞飼養，長得稍大一點的時候便天亮趕出家門，牠們則在附近草叢中玩耍、覓食，吃一些青草或小蟲子，黃昏時分妻便拉開嗓門「唧！」的一聲長鳴，只見四面八方的小雞搧動著翅膀「撲哧哧」地飛奔而來。妻便撒一些穀子，舀一瓢水，讓牠們進食，由於房子太過狹小，只好趕在我們睡覺的床底下上宿。如今想來，人畜共處甚不衛生。

不久，妻子臨盆，生了個女兒，真是一兒一女一枝花，而那一隻隻半大不小的土雞全都進了妻的五臟廟。由於平日伙食不好，過年才有雞肉吃，此時，妻做月子期間頓頓都是「麻油雞」，百吃不厭，往往吃著吃著不覺醺醺然，往床邊一靠就睡著了。

每逢春節自治會便發起清潔大掃除，只見家家戶戶都動員起來，掃大街、掃小巷、通水溝、拖地板、洗門窗、擦玻璃、擦桌椅、清廢物、掃天花板、去陳換新……，忙得不亦樂乎。

那個時候沒有「環保」這個名詞，可是大家知道健康是屬於自己的，衛生不能靠他人。即使沒有推動清潔大掃除，各家起碼也會「自掃門前雪」。拿妻來說吧！往往還沒過年，地板已拖了七、八遍，把地面的水泥都拖掉一層皮。

妻的勤奮終於沒有白費，因為婦聯總會舉辦清潔比賽的工作人員認真負責的精神令人敬佩。為了公平的評比，認真的選拔，那些白衣藍裙的小姐們，往往不定期的逐家逐戶逐項檢查，而且不止一次。

有一年，吾妻竟得了第一名，令人喜出望外。婦聯總會總幹事皮以書女士親自頒發「優等獎」獎牌乙面，獎品茶具組一套。會場氣氛熱烈，掌聲如雷。也有私底下不服氣的人，交頭接耳，議論紛紛，認為得獎者應該是「乙種眷舍」或「丙種眷舍」，論傢俱論擺設豈是一棟直古籠通的「丁種眷舍」能夠拿到大獎，獲此殊榮，豈非怪事。

為了一探究竟，有些太太們假藉「參觀」到我家細看分明。殊不知我家房子雖小，設備不夠豪華，擺設不夠氣派，但窗明几淨，一塵不染，被褥、衣物整齊有序，廚房用品擦拭光亮……，簡直如同出塵脫俗的「小家碧玉」。參觀完了，紛紛讚嘆不已，承認能夠得獎不是偶然。

每到平安夜，眷村附近的教堂便傳來陣陣祥和的耶誕歌聲，眷屬們難免會思念在外島戍守的丈夫，宿夜匪懈，不知他們平安否？何時才能休假回家？長期的離別，日夜的思念，這一切的一切彷彿都是命中註定。

記得先總統　蔣公在「民生主義育樂兩篇補述」中說：「宗教是社會的安定力」，這話在眷村中便得到了印證。

當一個人的心靈無所寄託的時候，便信仰了宗教，因為宗教能使人心靈平和，性情安祥，進而心地善良。認為大凡宇宙一切事物都是上帝的旨意，即使生、老、病、死亦是如此。自然認命，凡事泰然處之，不與人爭，不與天爭。

況且，信教也有他的好處，做禮拜時如果有人忙得分不開身，牧師還會幫忙帶孩子。偶爾還能分到麵粉、奶粉、白脫油……。對於清寒的軍眷來說，等於是雪中送炭。

曾幾何時，不知從哪裡飛來了雙雙對對的燕子，啣泥啣草，分別在許多戶人家屋簷下築巢，而且生了小燕子。一天到晚嘰嘰喳喳，為寧靜的眷村帶來一些生趣。

因此，有些孩子們邊玩「跳房子」的遊戲，邊唱兒歌：

小燕子吱吱吱

飛來又飛去

啣泥巴　啣樹枝

傳秘方薰製而成，令人垂涎。再者，我在巷子裡種了幾棵桂花樹，老遠老遠就能聞到撲鼻的香味，如果有外地來買臘肉的人不知道路，大家都指明了那是在「桂花巷」。

轉眼間我已屆退伍的年齡，子女也已長大成人，完成高等教育，分枝散葉。當了一輩子的軍人，有時在夢中以為自己仍是在營房，忙操練，忙戰備。醒來一看，身邊原來是老伴——孩子的媽。只見她一臉皺紋，滿頭白髮，想當年她「獨木撐大廈，怒海泛孤舟」的勇氣與艱辛，內心便覺得有些心酸。我虧欠她的實在太多了，但我今後要格外的疼惜她！彌補她！

眷舍隨著歲月的變遷，顯得老舊不堪，不但下雨時多處漏雨，家中的盆盆罐罐全出動接水，而且地下水溝堵塞，稍稍下雨，雨水便溢出地面，家家淹水，連抽水馬桶都冒出水來，臭氣薰天。當初建造房子時克難節約，戶與戶之間的牆壁是用竹片編排，以泥土混合稻草塗抹而成，年久剝落。可以想像得到的是「隔牆有眼」，我家可以看到你家，你家也可以看到我家，還可以彼此聊天呢！真有趣！

俗話說：「風水輪流轉」，喧騰多年的眷村改建果然實現了，巍巍峨峨的十二層電梯大廈，那就是我們的新家，一時好像在雲裡霧裡，怎不令人喜出望外。

新的眷舍，新的生活，現代化的設施，使整個眷村的生態環境改變了，人們顯得悠閒多了，難以想像的是人也似乎冷漠了。代之而起的是一些五花八門的休閒活動，已不是當年的外丹功、太極拳、元極舞；而是打麻將、泡溫泉、唱卡拉ＯＫ，跳交際舞、玩股票……。

可是，午夜夢迴，我還是懷念那一片低矮的房屋、狹窄的巷道、鈎花的年代；喜歡聽那叫賣的聲音、小燕子的兒歌、教堂的歌聲；懷念已逝去的相互關懷、彼此體諒，具有濃濃人情味的眷村文化。還有桂花巷裡噴香的湖南臘肉。

老眷村呀！老眷村！你在哪裡？

＊　＊　＊

捉襟見肘的日子不好過，記得有一年元宵節，吳君到我家裡玩，妻端了兩碗湯圓，分給我們每人一碗，我覺得很好吃，吃完了叫妻再來一碗。

誰知左等右等不見妻出來，待吳君離去，我跑到廚房一看，妻愣愣的站在那裡，我把鍋蓋一掀，空空如也，原來我家只有兩碗湯圓。

採果樂

我們一家人利用難得的假日，乘坐一輛休旅車，迎著吹面不寒的和風，往復興鄉方向行駛。一路上小橋流水，紅花綠葉，車窗外升起鐵杉和扁柏，像千里蒼蒼的儀隊在路側間排開。遠處是一列看不分明的曖昧山影，彷彿來到人間仙境。

在一個轉折處下了車，順著山坡羊腸小道走去。一轉眼，只見那雲霧飄渺處，山風輕拂間有一片園林，長遍了滿山滿谷的桃樹。走近再看，天哪！那鮮紅欲滴的桃子，一顆顆一串串碩大無比，掛滿了枝頭，搖曳生姿。

一時之間我們全呆住了，稍傾，一陣驚呼！一陣歡笑！

大夥兒就這樣笑著、跳著、繞著樹、繞著林、繞著園一棵棵地欣賞，一株株地觀望。有的人想去撫摸那猶似嬰兒般臉龐的桃子，但又把手縮回來，似乎長在樹上的桃子是一幅畫、一首詩、一樁夢境。應該永永遠遠掛在那裡，掛在天地之間供人欣賞。深怕一觸一碰就破壞了大地創作的畫質，飄然而去。

和藹而質樸的園主人上氣不接下氣地跑來，每人遞給我們一個籃子，一把小剪刀說：「我這是有機水蜜桃，沒噴灑農藥。」說著，說著，便摘下一顆，用手搓搓絨毛邊吃邊說：「今年雨季來得晚，日照充足，桃樹光合作用時間多，甜度提高，病蟲害減少。你們儘管吃，不收費。採的桃子請裝在籃子裡，按斤計價。」

聽了這話，我的心猛然地跳了一下，像點著煙火一樣，從心靈深處噴出了漫天燦爛的火花。一來好久沒吃水蜜桃了，想得慌，二來園主人的慷慨令人喜出望外。

此時，大家既已解除亞當在伊甸園裡偷吃禁果的顧忌，忙不迭地上看下看，左瞅右瞧，終於選到了那最鍾愛最貼心的桃子。摘是摘下來了，可是，誰又捨得吃呢？於是左手拋向右手，右手拋向左手，來來回回把玩一番。玩著玩著，一不小心落了地，拾起來在衣服上擦擦，再一口咬下，飽滿的甜汁在咬下瞬間噴流而出，香甜氣息飄散整個口鼻，堪稱人間美味。而且這種水蜜桃會勾人，讓人吃了還想再吃。

有人一口氣吃下兩三個，只吃得肚大腰圓，走路蹣跚，然後才開始享受採果的樂趣，收穫的喜悅。

以往只知道邀約友人來拉拉山看神木，一眼望去儘是參天紅檜巨樹，高貴的軀幹在風中雨中矗立，幾個大男人都抱不過來。曾經過漢時雲，秦時月，神秘而不可測，令人嘆為觀止。

餓了，就在沿途餐館小吃一頓。復興鄉盛產綠竹，綠竹筍鮮嫩無比，即使大塊大塊切下，加點油、鹽，蓋上鍋蓋，來一道「悶筍」，也是格外入味，香脆可口！

你吃了一頓竹筍大餐所花無幾，老闆還會送上他自製的竹子筆筒，樸拙有趣，上面歪歪斜斜刻上兩行詩句：

無肉令人瘦

無竹令人俗

看來，餐廳老闆還是蘇東坡的知音呢！他除了愛竹子，就是愛「東坡肉」，而且料理東坡肉是他的拿手絕活。那種三指見方肥而不膩的肉塊，厚實實、黃澄澄，讓人看了就流口水。且看他那圓鼓隆咚的大肚皮，走起路來顫威威，就是明證。

至於復興鄉的土特產那就更不用說了，除了金針、木耳、香菇之外，還有就是迷你豬了。有些人喜歡把迷你豬當寵物飼養，甚是可愛。

沿路兩旁都是養蜂人家，圍籬外掛著紅布條，貼著斗大金字：「蜂蜜不純，保證砍頭！」豪氣干雲。

只見一位遊客看了之後伸伸舌頭，悄悄地說：「砍頭！砍誰的頭？我看是砍蜜蜂的頭吧！」

我這一回神，不知不覺滿山遍野來了許多採果的人，紅男綠女，嘰嘰喳喳。有的竟唱起山歌來了：

男：嗨……哥是藍天妹是雲，雲愛藍天天愛雲，
白雲繞著藍天轉呀！藍天轉！生生世世不離分，嗨……。
女：嗨……哥是針來妹是線，針線本是好姻緣，
有針無線難成錦呀！難成錦！有線無針孤單單，嗨……。

隨他們同來採果的一位外國牧師，也受到了感染，輕輕哼著小曲：

Star light!
Star bright.
First star I see tonight.
Wish I may.
Wish I might
Have the wish I wish to might.

就這樣一首接一首唱個不停，彷彿是在舉辦一場戶外音樂會。

一時之間，風也停了，樹不搖了，鳥不叫了，採果的人都停下手來。顯然已在優美的歌聲中陶醉、沉沒。

說也奇怪，整個園林地上未見一粒掉落的桃子，也沒有人咬了一口嫌它生澀扔在地上。只有小孫女手拿半粒桃子跑來對她媽媽說：「我吃不下了！」

「給我！」她媽媽伸手接過去，吃了。

也許大家認為桃子是一種珍貴水果，是一種稀罕物件，棄之可惜。要不然，常聽人家說：「桃養人，杏害人，李子樹下抬死人。」想不到桃子還是一種健康食品，滋補的果類呢！

想著想著，一陣山風吹來，不由打了一個寒顫，山風夾著濃霧撲天蓋地而來。剎那間，使人有著一種飄飄欲仙之感，真願就此乘風而去，從此沒有煩惱，沒有欲望，沒有私心。

記得民國三十八年初來臺灣時，見到的只是一種小小的青青的毛桃，生澀難吃，必須用糖淹漬之後才能入口。

拉拉山水蜜桃之所以得天獨厚，這大概是復興鄉的地勢、氣候、雨露凝合的一種結晶吧！

我一時興起，不禁半合雙掌於兩頰形成喇叭狀，大聲一吼：「我是誰？」我原本是有名的鐵嗓子，經這一吼，一時山鳴谷應，滿山滿谷都在迴盪「我是誰、我是誰、我是誰……。」沒料到，最好的音響效果便是造化。

時值小米豐收祭，遠處不時傳來原住民收穫的歡樂歌聲。從那些輕婉、親切的歌聲裡，彷彿聽到了他們的樂天知命，以及對山神的感恩。因為他們只要一瓶酒、一包煙、一鍋香噴噴的小米飯就已滿足。

再看看四週的家人，每人都是英姿煥發！神采飛揚！像一個個得勝歸來的勇士。手裡提著戰利品——滿滿一籃水蜜桃。

那圓大的落日，趕著往樹梢下頭沉下去，更沉下去。我們結過帳，蹬著輕快的步子，搭車回家。

看到車窗外一臉滄桑的園主人，不停地向我們舞動雙手，不由使我想起：

每個人都是自己生命的園丁，

花園裡是錦簇或荒蕪？

要看自己的努力和智慧如何？

* * *

小時候，家鄉地方戲曲甚多，但我最愛看的還是「河南梆子」，因為通俗易懂，從不咬文嚼字，讓我說上幾句您聽聽：

「東屋裡點燈，東屋裡亮。西屋裡不點燈，黑糊籠通！」

「是蘿蔔，是白菜，不是大蔥！」

「有孤王坐金殿屁股朝後，頭朝上，腳朝下，臉朝前頭。」

「西門外打罷了三聲砲，三是三聲砲，砲是砲三聲，穆桂英領馬向正東，您要問俺是那一個，俺的名叫做穆桂英，穆桂英就是俺的名。俺比俺姐姐小兩歲，俺姐姐比俺大兩冬。小是小兩歲，大是大兩冬，俺姐姐屬虎俺屬龍。」

龜山島賞鯨

與妻結婚四十多個年頭了，但，我倆的相識相戀猶在眼前。

妻是宜蘭縣三星鄉人，婚後我們一直住在桃園鄉下，記得那時候陪妻回娘家，或到草湖天宮廟進香，為了省錢，我們都坐慢車，只聽火車一聲長鳴，便「噗哧！噗哧！」啟動，接著「唏哩匡噹！唏哩匡噹！」前進，好像車廂散了板。每次過山洞，眾人便忙著把車窗關上，動作稍慢，一陣煤煙撲面而來，弄得你灰頭土臉。可是車窗關上後，車內便烏漆麻黑，整個人就像進入時光隧道，只待山洞一過，才又重見天日，回到人間。

無聊的返鄉客在連綿不斷的山洞中不會閒著，耳際間總會聽到有人哼著宜蘭民歌──丟丟銅仔。只要有人起頭，不怕沒人附和，聽吧：

火車行到啊伊都阿嚒伊都丟哎唷峒空內，

峒空的水伊都丟丟銅仔伊都阿嚒伊都丟阿伊都滴落來……

那輕快的曲調，配合著火車的律動，很像一首交響曲。就這樣繞來繞去，如同一根繞不完的線圈，大家邊鼓掌邊唱個不停。

有一回，車上兩個美國人看我們唱得搖頭晃腦，不由豎起大拇指對我們說：Wonderful.（太棒了！）

餓了，四塊錢買一個隨車便當，竹篾做的便當盒，裡面盛著淺淺一層白米飯，總少不了一個滷蛋、一片滷肉、兩塊豆腐乾、一片黃蘿蔔，尤其那片酸酸甜甜的黃蘿蔔，直讓人流口水。我們邊吃邊數山洞，一個、兩個、三個……。山洞過完了，便當也吃完了，抹抹嘴，凝神靜氣，好似在期待著一個重大事故來臨。

「看到了！看到了！龜山島真的看到了！」思鄉的遊子趴著車窗往外瞧，指指點點，哪裡是龜頭？哪裡是龜尾？一陣騷動，一陣沸騰。極目遠眺，果然那就是一座睽違已久的龜山島。

龜山島變幻莫測令人驚嘆，晴天，像一座海上長城，氣勢磅礴；雨天，像一處秘密花園，莫測高深；雲裡，像一群脫韁野馬，跳躍奔騰；霧裡，像一簇仙女下凡，婆娑搖曳。

龜山島是蘭陽地區的地標，大凡該地區外出的人們，返鄉時首先映入眼簾的便是這座守護神。看到龜山島就像看到親人在呼喚，家，已經到了，每根汗毛都豎了起來，打從心坎兒裡快活。

入鄉隨俗，我這個蘭陽女婿在長年耳濡目染下，自是不能例外。

在眾人的心目中，認為龜山島是座神聖的，不可侵犯的，只能遠觀不能近瞧的神話，是一座虛幻的海市蜃樓，是一處可遇而不可求的海上桃花源。偶爾，妻也會講述一些島上的傳奇故事給孩子們聽，彷彿那是神仙住的地方，令人憑添了無限遐思，無盡嚮往。

想不到，去年春天在學校教書的兒子，似乎已然明白了我們的心思，有一天放學回家，帶回來兩張旅遊券交給我們，上面居然印著「龜山島賞鯨之旅」幾個大字。我和妻一時之間愣住了，是夢？是真？令人難以想像，就好似我倆初戀時的約會一般，忐忑不安地就要去揭開那神秘面紗。

在一個風和日麗的天氣裡，我和妻摸摸索索來到頭城「烏石港」，三月陽春的曉風輕寒薄暖的微微迎著我們吹，覺得渾身輕快起來。

只見一艘艘船隻整齊有序地停泊在港灣，三、五漁人正在岸邊補破網，或清理附著網上的小螃蟹。如果碰到小烏龜，便順手一丟，拋向大海。

耳際間傳來一陣低沉而柔和的琴聲，抬頭一看，不遠處有一個年輕人坐在石凳上面對大海拉大提琴。於是，我們便停下來，扶著那棵小柳枝站著，看他專注的神情，微風吹動著髮絲，眼睛瞇成一條縫，靈敏的手指帶動出流水般的音符，令人陶醉。是不是向遠方的伊人訴衷情？還是拉給大海的魚兒聽？

交談之下，才知道他家就住在附近，父親靠捕魚維生，卻供給他讀完了大學音樂系，主修聲樂和大提琴，希望將來能去維也那深造。邊說邊指了指那邊補破網的人就是他父親。只見斗笠下一張滄桑的臉，正向我們擺動長滿老繭的手。顯然，他心裡泛起一陣欣慰，多紋的臉上露出一絲微笑。

宜蘭老一代的鄉民自嘲「歹竹出好筍」，其實，好筍是好筍，但茹苦含辛的父母怎能說是歹竹！

傳統的觀念裡，他們教育子女一生一世就是「耕讀」二字，種田是為了溫飽，豐衣足食；讀書是為了增長知識，求取功名。即以我岳父為例，他可以說是一個頂頂安分的人，除了農曆大年初一不去下田工作外，一年到頭都赤著腳待在田裡，甚至半夜摸黑也下田除草，稻禾就是他的命根子，想不到他的六個子女都完成了高等教育。他家門聯總喜歡貼著：「讀書好種田好學好便好，創業難守成難知難不難」，橫批是「晴耕雨讀」。

因此，蘭陽地區從前是秀才、舉人不稀奇，而今是碩士、博士滿街走了。

不一會，賞鯨的人潮一波波到來，我們向漁會人員辦妥手續，他們便安排眾人在一個大廳聽簡報。由那一張張美麗的畫面，才知道蘭陽平原河川秀麗，風景處處，諸如：太平山翠峰湖、棲蘭山神木群、明池山莊、五峰旗瀑布、礁溪溫泉、武荖坑綠色博覽會、白米民俗文化村、蘇澳冷泉、金媽祖、南方澳漁港、東山河親水公園、羅東運動公園等。至於土特產方面更是不在話下，計有：鴨賞、金棗、蜜餞、花生糖、牛舌餅、上將梨、海燕窩、珊瑚藻、石花凍、溫泉蕃茄、空心菜。還有我太太家鄉的「三星蔥、三星蒜」。尤其是三星蔥透白發亮的蔥白，配上北平烤鴨、甜麵醬，用麵餅一捲，吃在嘴裡才夠味。

當大家邊喝玉蘭茶邊看影片時，導遊進來手一招，我們一群人便緊隨在後，魚貫登上遊艇，汽笛一響，直往龜山島前進。

乳白色的汽艇分為上、下兩層，採全開放式，舒適而潔淨。女士們多半喜歡坐在下層船側，既安全又臨水，且可防曬。男人們則選擇上層，無遮無攔，海闊天空一覽無遺。

看那一群群海鷗展開白色的雙翅追逐著遊艇，「噗！噗！」地飛著打旋，一會飛往極遠極遠的天邊，一會又折返我們頭上盤旋，一會衝至凌霄，映著朝陽像飛舞的珍珠，一會俯衝海面，蜻蜓點水一掠而過，那曼妙的舞姿美妙極了！

妻悄悄問道：「海鷗飛累了怎麼辦？」

我看了看她沒吭氣，因為我不知道如何回答，只是在想：「做人要像海鷗一樣，那麼勇敢堅強！」

放眼望去，兩個漁人分別坐著小竹筏，手持魚竿在釣魚，竹筏充其量也不過五呎見方，漁人似老僧入定一般渾然忘我，這真是名符其實的「海釣」，據說專釣白帶魚，看他們雙目凝神注視看魚標的情境，再看看遊艇駛過激起陣陣浪花，那竹筏便隨著波濤起起落落，真叫人捏一把冷汗。不知道他們是怎樣來到這片海域？划槳？起動馬達？簡直難以想像！想必為了生計也顧不得風大浪高了。

目送那兩片浮萍似的竹筏在大海中消失，掉轉身，龜山島已近在眼前，此刻她已退去薄紗，露出美麗的胴體，矮矮的樹林，茂密的草叢，覆蓋整個山巔，像一個情竇初開的少女深情款款，溫柔婉約。只可惜我們沒有「登島證」，無法上岸一親芳澤。船老大問我們為什麼不早點申請？此時，說這些話也是白搭，他看我們站著發愣，為了彌補我們的遺憾，特別沿著龜山島兜了一個大圈子。

只見龜頭昂首挺胸，雄壯威武；龜身肚大腹寬，圓潤有緻；龜尾既細且長，連綿不絕，在淺水中露出潔白的沙灘，晶瑩剔透，若能赤著腳在上面漫步，多麼怡然自得！

船，行行復行行，只見天連水，水連天，浩浩瀚瀚無止無盡，彷彿來到地球盡頭。俗語說：「仁者樂山，智者樂水」，山，帶來堅強與永恆，水，帶來柔和與安祥，不知讀者諸君是樂山還是樂水？

一轉眼，只見遠處白浪濤天，大海好像沸騰開來，原來我們已接近海豚區。導遊說：「大家看！海豚在歡迎我們哪！」果然，遊艇兩側跳躍的海豚此起彼落。

自那次看到龜山島海域的海豚，才知道牠們的紀律與合群是與生俱來的。因為牠們不是單一地跳，不是雜亂無章地跳，而是三、五成群，橫則成列、豎則成行地跳躍。只見一簇簇的海豚自水中彈躍而起，形成一個弧形，不高不低，不前不後，旋即一個猛子栽下去。落水之後仍是傍著船側往牠們的家鄉游去，好像一支先遣儀隊迎接我們來訪。

看到千隻萬隻海豚賣力作秀，整齊劃一地表演這種團體藝術，如此完美，如此討人喜愛，使我想起漁人落海海豚救援的故事，應該不是瞎掰。

過了海豚區不久，只見有幾片巨大黑色扇面般的東西在水上左右擺動，接著有人大喊：「鯨魚！那是鯨魚的尾巴！」整個船艙的人都凝神摒氣，馬達也熄了火，因為導遊示意我們保持肅靜。

果然，鯨魚在噴水，一條條的水柱約有兩丈多高，直衝天際。只見白浪一分，露出黑黝黝的龐大背脊，簡直像一座移動的山丘。看到如此龐然大物，才感覺自己渺小，上帝造物太神奇，太不可思議了。

太陽西沉，船老大惟恐耽擱太久，引起鯨魚不安，帶來危險，只聽馬達一響，掉轉船頭，一溜煙揚長而去，眾人伸長脖子再三回首。

近日報載：日本一艘捕鯨船在南極大肆補捉鯨魚時，被聯合國保護稀有動物船隻逮個正著，日本捕鯨船竟然謊稱：「捕鯨為了科學研究之用。」多麼會狡辯！令人憤憤不平。

如此看來，世界上真正快樂的人只有兩種：一種是捕鯨船追逐鯨魚的人，一種是覺得追也無味，還不如在一旁靜靜觀賞，看著牠游過去好。記得，王爾德當他極痛苦的時候在一首歌裡說過一句話：For all men kill the thing they love.（人人戕害他所愛的東西）。那麼，捕鯨者正是如此，想到這裡我的心好像被蜜蜂螫了一下。

自從雪山隧道開通後，搭火車的機會少了，一路上看不到大海，難免有一種失落感。怎不令人懷念竹篾盒便當，懷念輕快悅耳的丟丟銅仔，懷念冰寒澈骨的冷泉，懷念沁人心脾的玉蘭茶，還有，懷念朦朦朧朧的龜山島。

＊　＊　＊

記得小時候，說相聲的一出場先來這麼一首定場詩：

遠看黑黑黝黝，
近看飄飄搖搖，
又像葫蘆又像瓢，
二人打賭江邊瞧，
原來是兩個和尚——洗澡！

聖蹟亭

來到臺灣一甲子，只知道桃園縣龍潭鄉有座「聖蹟亭」，原來那是該鄉的先聖先賢集資興建，專門供人焚燒字紙的地方。

龍潭鄉老一代的仕紳，感念中華文化博大精深，係歸功於倉頡造字，蒙恬造紙，加上孔、孟之學，老、莊之道，朱子百家，故而教育子弟就是「耕讀」二字。一生一世除了種田就是讀書，種田是為了溫飽，豐衣足食，讀書是為了增長知識，求取功名。他們的口頭禪是：「人若不讀書，不如一隻豬。」

聖蹟亭園區不大，花木扶疏，設有幾方石凳，供焚燒字紙的人們歇息。亭子以紅磚採八角形構築而成，較之目前各大廟宇焚燒金紙的爐子略高，必須拾級而上才搆得到灶門，想來他們焚燒字紙如同焚燒金紙一樣的虔誠。

紙，是現代生活中不可缺少的東西，古代把文字刻在竹箋或木板上就是書，想必閱讀、置放、搬遷不但笨重而且麻煩。後來造紙術、印刷術相繼發明，才給文人、墨客帶來不少便利。

便利是便利了，時至今日，只要稍加留意，不難發現社會上每天產生了多少廢紙！諸如：廣告傳單滿天飛！垃圾郵件丟不完！衛生紙一抓一大疊！面紙抽、抽、抽，接著就是丟、丟、丟。往往一頓飯吃下來，弄得滿桌都是面紙。

此外，電腦用紙、傳真用紙、紙製手提袋、擦手紙、擦碗紙、包大人、噓噓樂、婦女衛生用紙，再加上各式各樣紙製免洗餐具，不勝其數。而且用了就丟，毫不吝惜。

如此一來，實難想像全世界一天用了多少紙張？想必那是一個天文數字。非但無人理會，又有誰會珍惜！一般人的心態是：不用白不用，用點紙算什麼！也花不了幾個錢。

近日，聽說衛生紙要漲價了，家家戶戶拼命地買，大包小包屯積，彷彿開門七件事除了柴、米、油、鹽、醬、醋、茶之外，又多了一項——紙。

也許有人不知道紙是用什麼做的？其實那就是「樹木」。當然這些人更不會關心我們每天要用掉多少棵樹木造紙了，幾片森林？幾個山頭的樹木？幾千棵？幾萬棵？幾十萬棵？幾百萬棵？很難有一個正確數據。

反正用、用、用，拼命地用。管它什麼聖嬰現象！管它什麼臭氧層破了一個大洞！管他什麼地球暖化效應！管它什麼影響後代子孫！甚至美國各地的洪水現象，中國大陸五十年來的大風雪，南、北極大片大片冰層融化了，也沒能給人們多大警訊。

我曾看過一本圖文並茂的書，其中敘述許多愛惜字紙的故事，有人因為愛惜字紙升官發財，有人因為愛惜字紙大富大貴，更有人因為愛惜字紙消災解厄，故事感人，發人深省。我想撰寫此書的人用心良苦，藉由迷信來感化世人。

為了珍惜環境，愛護地球，不能光唱高調，先要從愛護樹木做起。

記得鄭板橋說過：「我愛聽林中的鳥叫，不愛聽籠中的鳥鳴。林中的鳥聲婉轉悅耳；籠中的鳥鳴聒噪悽涼。」由這一段話所下的結論是：「要聽鳥叫多種樹！」大哲學家伯拉圖也曾說過：「一個人一生要種一棵樹」，況且樹木還能大量吸收二氧化碳，讓地球冷下來。

一般人認為字紙就是垃圾，丟棄了有什麼可惜，其實許多大宗印刷紙只印了正面，反面仍是白紙一張，如果拿來當作稿紙、演算紙有何不可？像我這篇文章，就是利用廢紙反面寫的。

廣告用紙由於紙張厚，材質佳，其厚薄以磅論計，俗稱「磅紙」。有的人以慧心巧手折疊成容器，用來盛瓜子皮、果皮，以及吃飯時盛裝雞骨、魚刺等，多麼高雅又衛生。即使舊報紙，也可以拿來臨摹書法，日久天長，說不定能成為一位書法家呢。一些家庭主婦如能將買來的蔬菜、瓜果分別用舊報紙包妥，置於冰箱冷藏櫃，保鮮度格外良好。再如有人在狹小的公寓裡飼養寵物，可於圈養之處鋪一層厚厚報紙，每隔三、五天更換一次，藉以吸收尿液及穢氣，保持環境清新，再好不過了。

愛惜字紙既然有這麼多好處，有遠見的龍潭先民早就發覺到了，怪不得那裡地傑人靈，人文薈萃。

當人們不經意地一根煙蒂丟到乾草堆裡而引燃了一場森林大火，所毀掉的樹木可能得花上數百人的工夫，以數百萬的經費，經過數十年才能恢復原狀。

為了愛護地球，重視環保，從今天起讓我們大家一起來愛護樹木，節約用紙吧！想來：

樹木必定是明白了它所處的地位，

才能往下紮根，

往上成長。

＊　＊　＊

有一個人到飯館叫了一碗牛肉麵，瞄了一眼，便大聲喊道：「老闆！怎麼搞的？麵裡有蒼蠅！」

老闆急急跑來，低頭、哈腰、賠不是說：「對不起！我再給您煮一碗好了。」

「那麼！」這位客人說：「你就給我換碗大滷麵好了！」

不一會，大滷麵端了上來，這位客人吃完抹抹嘴就往外走，老闆急急叫道：「先生！您還沒付錢！」

「大滷麵是我用牛肉麵換的！」客人理直氣壯地說。

「可是！你並沒有付我牛肉麵錢呀！」老闆著急了。

只見這位客人邊往外走邊說：「我又沒吃你的牛肉麵！莫名其妙！」

夢幻之旅

「人，要把時間浪費在美好的事物上。」這是我參加麗星郵輪四天三夜海上之旅的感想。

一般人只想到坐船會暈，在那天連水水連天白茫茫一片的大海上，有什麼好看？有什麼好玩？事實上，自登船那一刻起，你的心便平靜了，你的頭腦便舒展開來，沒有報紙，沒有電視，沒有爾虞我詐，沒有蜚短流長，真真的是心靈得到洗滌，好像換了一個人，體驗到自由航行的意境及全新旅遊的享受，進而領悟到古人為何由於厭世，有「遁跡山林」的念頭？

有人喜歡山，有人喜歡海，山是永恆的、堅貞的，巍巍峨峨令人不敢侵犯。海是遼闊的、壯觀的，一望無際，令人憑添無窮嚮往，無限遐思。

我既喜歡山，也喜歡海。

這艘麗星郵輪——天秤星號船艙長約二五〇公尺，寬約三十公尺，一共十層，我們全家六口住在第六層，得天獨厚只有六層才有寬敞的甲板。

次日清晨，天才朦朦亮，我便獨自一人披衣起床，在甲板上漫步，望著茫茫一片波濤起伏的大海，繞著甲板，也就是所謂的「緩跑徑」一圈、兩圈、三圈……，走下去。走上一圈約半公里，走累了靠在護欄休息，看看天邊一輪紅日自大海中緩緩升起，好似浴火重生，真是奇妙極了！往年只知道去阿里山看日出，如今看到海上的朝陽是多麼的清新、脫俗，令人驚嘆！

轉過頭去，只見三三兩兩海鷗在天邊翱翔，忽上忽下，忽左忽右，也許是為了我們這艘龐然大物到來在歡呼，在雀躍。偶然看到牠們一個俯衝衝到水面，像蜻蜓點水一般，旋即展翅高飛，嘴裡即已銜著一條魚兒，魚大嘴小，不知海鷗如何把魚兒吞下肚？低下頭來看看海面，那裡又有魚兒的蹤跡？可見海鷗犀利的目光非比尋常。再者，我們的郵輪已航行一個夜晚，遠離陸地，只見海鷗不停地飛舞，繞著船轉，難道不會疲乏？疲乏了又能奈何！

「眾人獨睡我獨醒」，只有遠離塵囂的人才能徹底清醒過來，只有拋下繁瑣的俗事，才能心地澄明，也只有遠離是是非非，才能忘卻恩恩怨怨。

若說此時清醒的人除了我之外，還有船長，要不然船怎麼會動？據說：郵輪自打造完成之日起，即由現任船長擔綱，時光悠悠，在船上耗去了多少年輕歲月，他這種以船為家的精神可敬可佩！

由此，想到世間不是爭權奪利，便是勾心鬥角，至死方休。他們在那滾滾紅塵之中，利欲熏心，已迷失了方向，失去自我，除了當頭棒喝，是難以清醒過來的。要不然來一趟海上假期，與社會隔離，讓心靈徹底洗滌、沉澱，才能體會出人生的真正意義與價值，進而獲得心靈喜悅的源泉。

船上不睡覺的人還有許許多多，但他們的頭腦並不清醒，反而糊塗，就是那些貪婪者，整夜逗留在「海星俱樂部」及「上將俱樂部」參與金錢遊戲。

當船駛離港口約一個半小時，已來到公海，一些食不甘味夜不安枕的賭客，便摩拳擦掌一擁而上，把兩個俱樂部擠得水泄不通，因為大家都想獲得好彩頭，大撈一筆。不過我和妻轉來轉去，看來看去，顯然天不如人願，不論賭輪盤、賭撲克，贏的總是莊家。唯獨吃角子老虎似乎中了邪，一位女遊客只不過投下三枚硬幣，手把一拉，「花啦！花啦！」吐個不停，黃澄澄的五十元硬幣吐了一大堆，算巴算巴約有一千多枚，真是誘人極了！

此時，船艙裡已發出了陣陣吵雜聲，有人打撞球，有人游泳，有人泡在按摩池，有人待在健身房，也有人在籃球場上鬥牛，或在高爾夫球練習場上揮桿。

「飲食文化」不只是我國引以為傲，但船上尤有過之而無不及，應稱之為精美、別緻、豐盛。吃中餐可到四樓「海華宮」，若吃西餐可到「四季餐廳」，喜歡吃自助餐的人，則可搭乘電梯直達九樓「航海家自助餐廳」，任君選擇，一律免費供應。只見遊客們川流不息，早餐吃這家，午餐換那家，晚餐又轉往別處。再加上下午茶、消夜，每個人都吃得肚大腰圓，一臉紅潤，真可稱之謂「海上渡假飯店。」

可惜無緣到船上的冷藏庫裡走走，那裡一定很龐大，因為遊客一千七百餘人，再加上九百餘名員工，消耗的食物之多可想而知。

遊客們吃完了抹抹嘴便起身離去，只是那一片狼藉，滿桌剩下的菜餚，令人不敢恭維。譬如說：有位太太見到蝦子出爐，便大盤大盤搶來吃，速度之快好像吃蝦比賽，離去時桌上仍剩下一大盤。我悄悄問她：「我看妳很喜歡吃蝦子！」她說：「那裡！我是選擇貴的東西吃！」

我想餐廳應該張貼幾張標語：

拿你喜歡吃的！

吃完你所拿的！

若不如此，我這位冷眼旁觀的人不會安心。據報導：非洲某些地區一家人一餐才能吃上幾口飯，嬰兒餓得骨瘦如柴，慘不忍睹，我想我們真是暴殄天物！

「看秀」應該是船上的大事了，第五層船艙前後各有「星晨酒廊」及「銀河星夜總會」。華燈初上，遊客便如過江之鯽，在兩廳之間來回穿梭。有中國雜耍、少林功夫、搖滾樂、西洋舞蹈、魔術等，不收門票。當然，也有拉斯維加斯的上空秀，要買票才能入場。不愛看秀的人可在迪斯可舞廳跳到深夜。可在十樓，也就是露天樓層「藍湖咖啡座」選一張臨海躺椅躺下，吹著微微的涼風，聽濤聲，看星星，看月亮，呼吸海天一色的清新氣息，紓解平日的生活壓力。

晚飯後，我和妻各自選一張躺椅躺下，不久便進入沉沉夢鄉，朦朧間只聽得有人大喊：「不好了！有人落海啦！」果然白色浪花之中有一襲花杉在翻滾。

我本能地爬上欄杆，我是兩棲蛙人隊出身的，什麼大風大浪沒碰過，心裡一閃：「這種英雄救美的事非我莫屬！」於是甩掉鞋子，「撲通」一聲跳下海，朝著目標奮力游去。

不一會，伸手一探，果然抓住落水者的頭髮往上拉，只覺得輕飄飄的，原來是一個小女孩，已經沒有了呼吸。我雙腳踩水，一手托處她的後背，一手猛按她的腹部，只見她從嘴角流出許多水來，如此反覆做了多次「ＣＰＲ」，只見她連咳數聲，「哇」地一聲哭了出來。

極目遠眺，大船已離我們很遠、很遠，我的心一直往下沉。看看女孩皎好的面龐，不由仍存一線希望：他們會來救我們的，至少那位高喊：「有人落海」的人看到了我們的情況。

時間一分一秒地過去，漸漸地，小女孩已經甦醒，口喊：「媽媽！」轉眼看到我，並不害怕，反而抱得更緊。此時，我的雙手已經發麻，只好順勢一推，把她推往背後，叫她雙手攀住我的脖子，如此一來頓覺輕鬆不少。

我仰臉吐出一口水，深深吸進一口氣，只聽遠處有一種吵雜的聲音，側耳一聽：「你們千萬要挺住！我們來救你們了！」

我的精神為之一振，兩隻腳不停地踩水，兩隻手也不自主地配合著按水，脖子伸得老

長，向遠處張望。只見波濤洶湧，一片蒼茫，竟然什麼動靜也沒有。

突然，妻用力推醒了我說：「你手舞足蹈在做什麼？是不是在做惡夢？」我一語不發，揉揉眼睛從躺椅上緩緩坐起，心中有些迷惘，似有所思。妻扶起了我，相偕蹣蹣跚跚往演藝廳走去，眼前仍幌動著怒海餘生那一幕。

每每經過「凌霄ＫＴＶ」，我都不由自主往裡瞄一下，只見坐無虛席，這裡沒有噪音管制，沒有時間限制，唱吧！唱吧！儘情地歡唱，一直唱到凌霄。

為了滿足一些愛美的女性，以及喜愛「血拼」的旅客，船上自然少不了美容院及精品廊。精品廊看起來規模不大，但物品精緻可愛，只見人擠人，人碰人，生意好到不行。至於寫真廊裡的照片及鑰匙鍊，都是我們過往的特寫鏡頭，卻乏人問津，也許由於人人自帶相機的緣故吧！

令人不可思議的是與船長合照大家卻是爭著購買，由於船長是老外，人高馬大，態度和靄，穿了一身潔白的制服，照片上並有英文簽名，更能突顯其權威性。而且旁邊襯托一張麗星郵輪船身照，此船雖已建造多年，看起來依然嶄新、華麗，前突後翹，呈現著流線型。潔白的船身，天藍的甲板，鮮紅的救生艇懸掛在船的兩側，形成一幅美麗的畫面。

為了提高歡樂氣氛，為了融合彼此友誼，船上特別舉辦「巧克力派對」促進互動，遊客無不盛裝以赴。船長在入口處一一接待，握手，拍照留念。並分別介紹副船長以下的高級幹部給大家認識。只聽他操著濃重的英語腔調，幽默風趣地講述一些航海家故事。接著就是品嚐巧克力蛋糕，那琳琅滿目的奶油巧克力製品，令人垂涎。

船，行行復行行，只見兩側激起白白的浪花，第二天下午便可看到遠處迷迷濛濛出現幾個小島，想來那就是琉球群島了。不一會，我們的船便在「那霸」靠岸。報載：世界上最適合人類居住的十大城市中首推那霸，使我們產生一種強烈好奇心，一探究竟。

單軌電車是觀光客旅遊那霸最便利的交通工具，一些老馬識途者則搭乘計程車，選擇自己想去的地方。我們是初來乍到，只好搭乘旅遊團準備的大巴士。一路行來，但見街道乾淨，據導遊稱：街道的路面並非鋪設柏油，而是使用高於柏油四倍價格的特製混凝土，怪不得明顯出色、平整、光華、發亮，一塵不染。街上既看不到字紙、煙蒂，也沒有亂丟的飲料罐、破紙板，一切整齊有序，這應與「公民教育」有關吧！

街上的車輛多是小巧可愛，很少看到休旅車或箱型車，而且多是女性駕駛，慢悠悠地禮讓行人，他們似乎在享受都市中難得的悠閒。據說：為了環保，每家只能有一部車子，而且於開車前十分鐘才能開冷氣。很少看到摩托車，更不會碰到橫衝直闖人車爭道的事情發生。

我們走近一處海灘，但沙灘是一樣的沙灘，夕陽是一樣的夕陽，灌木林是一樣的灌木林，戲水的人們一樣在戲水，但看不到垃圾，聞不到惡臭。耳鼻間，視覺裡一片清新，我們在一座「海馬」雕像前攝影離去。

走了一會，只見前面有一些人坐在一條小水溝沿上，將兩隻腳伸進水裡浸泡，看到那蒸騰的熱氣，心裡就猜想應該是溫泉吧！伸手一試果然燙人。既來之則安之，有樣學樣，我們一家六口相繼脫去鞋襪，將腳伸進去泡。只覺得水質滑潤，沒有刺鼻的硫磺味，雙目不覺微閉，享受熱氣蒸騰的快活。整條小水溝裡裡外外是用青石板砌成，乾淨雅緻。這應該是社區一項福利措施，或者是溫泉業者對鄰里的回饋。但臺灣也有溫泉，我們的溫泉業者為什麼那麼小氣？一些地方首長不是經常出國考察嗎？竟連這點輕而易舉的福利都捨不得施捨，空言勘察又有什麼用！

夜色中的首里城，從「守禮之門」到四週城牆呈現一種古典之美，昏黃燈光下偶現遊客足跡，但不擾古城安靜氛圍。令人遙想當年琉球王朝生活其中的盛景。

整修好的首里城已列入聯合國教科文組織人類文化遺產，這是一座高度受中國建築風格影響的城堡。但細部設計又可見日本建築特色，兩相融合而成琉球獨特風情。

城堡建造於十四世紀中葉，依古老資料記載，每次琉球有新國王登基，中國都要派冊封史者前來。

歷經戰爭和火災，城堡先後重建四次，目前的首里城是於一七〇九年被燒毀，三年後重建完成。修建後的首里城，是琉球重要文化資財，也是島上最大木結構建築，大紅鮮豔色彩的主殿，訴說著琉球的歷史，走入古琉球國王辦公和舉行儀式的場所，懷想琉球和中國源遠流長的關係。

城堡入口處，仍可見到穿著古琉球服飾的工作人員，提供和民眾拍照服務，遊客也可穿著琉球的古裝拍照留念。

我們一群人就這樣邊玩邊拍照，不知不覺已近黃昏，眾人紛紛選擇自己喜愛的飲食店用餐，餐廳潔淨雅緻，客人交談輕聲細語，服務生親切有禮，見人總是笑臉相迎。餐飲清淡，總少不了生魚片、壽司、昆布、鮭魚湯，要不然就來碗烏龍麵，送客時又來一個九十度大鞠躬。再者，那霸的自來水可以生飲，飲食區便設有飲水機及免洗杯，很有人情味。

回到船上已是夜晚，船上的夜生活多采多姿，白天旅遊的疲倦已一掃而空，大家忙著看表演，看完表演就去吃宵夜。

次日，早飯後又安排我們下船，搭車直往那霸老街——國際通。國際通雖然歷史悠久但魅力至今不減，全長一點六公里，日人稱之「奇蹟一英里」的主道上，處處可見觀光客流連，百貨公司和各種特色商店如琉球花襯衫，三弦琴專賣店林立。往南可來到呈枝芽狀分佈的露天商店街，有許多民間工藝品及當地食材可選購。即以生豬肉來說吧！他們已切割成大、中、小塊，用透明紙包裝完成，任君選購，不會造成髒亂，連地面都是潔淨又乾爽。

以美軍交還的住宅區開發成的新都心，其中設有免稅商店，成為最新潮的購物去處。

「血拼」是咱們旅遊團的最愛，那裡貨物齊全而不雜亂，人潮擁擠而不喧囂，自然從從容容大包小包地採購。其中以食品類為大宗，其次是藥品，想必是親朋好友每家一份，若不如此他們怎會知道我出國。

沒去那霸之前，只能想像那裡是一處貧窮落後的漁村，房屋矮小，男人衣衫襤褸，赤著腳，頭戴斗笠捕魚；女人蓬頭垢面，操持家務。

及至下船一瞧，原來那是一個井然有序整潔無比的都會區，男女衣著得體，舉止彬彬有禮，莫非眼前看到的是海市蜃樓？是一個童話？

島上的居民既不捕魚，也不種田，更看不到工廠。他們究竟以何維生？想來那就是依賴觀光吧！且看豪華大飯店林立即是證明。

不要小看這茸爾小島，世界各地的觀光客自四面八方蜂湧而至。我國華航每日也有班機可達，而且班班客滿，前來享受那空氣零污染的夢幻之旅。

不難領悟到：

即使是小花園，

也能開出耀眼的花。

即使是大花園，

也有不顯眼的雜草。

＊　＊　＊

每當我批改學生的國文作文簿時，總會發現一些趣事，如：

一位學生把作文題目看錯了，原題是〈國文的重要〉，他竟看成〈國父的重要〉，洋洋灑灑寫了一大篇。

有位學生將「佔著茅坑不拉屎」，解釋為「便秘」。

有位學生用成語造句：「我媽媽徐娘半老，風韻猶存」。

有一次，我出了一則「松柏歲寒而後凋，雞鳴不已於風雨」，有位學生竟譯成白話為：「松樹和柏樹在天氣寒冷的時候，後面吊著一隻雞，不論颳風下雨，都在那裡不停地叫！」

空

張老爹自從與前妻離婚後，便覺得格外空虛，尤其逢年過節，鞭炮聲一響，他一個人好像躲瘟役似的坐在公園石板凳上發呆。眼看繁花似錦的公園，秋風乍起，卻已成為殘花敗柳，落葉繽紛。春去秋來，幾度寒暑，只見他原先挺拔的背脊益發彎曲，頭髮斑白了，出門時不論陰晴總不忘帶把傘當拐棍，深怕別人看出自己老邁不濟事。

有一天晚上略有寒意，天空下著毛毛雨，逛公園的人少了。張老爹撐著傘繞著人行步道轉悠，走了幾圈正準備打道回府之際，突聽樹叢中傳來女子哭泣的聲音，循聲望去，隱隱約約只見那是一個長髮披肩的白衣女子，正想上前探視，又怕撞見鬼。幾度躊躇，加上一股好奇心驅使，終於畏畏縮縮一步步靠近。

白衣女子似乎發覺附近有人，便停止哭泣，回頭張望，水銀燈一照，顯現出一付嬌美的面龐。張老爹鬆了一口氣，趨前問明原因，只見白衣女子緩緩下跪說：「請您救救我！」原來她是大陸妹，叫趙小鳳，海南島人氏，嫁給一位老兵，十天前那位老兵去世了，就要被遣返，除非有人願意再娶她。

「這真是天上掉下來的禮物！」張老爹心裡暗喜，並且說：「如果你願意就跟著我過好了！我雖不是什麼大富大貴，但保證你衣食無缺。」只見趙小鳳點頭如搗蒜，聲淚俱下，連稱：「恩公，我願意！」

兩人惺惺相惜，好似久別重逢，相偕往張老爹住處走去，一夜纏綿，如魚得水。即使一個七十九歲，一個三十九歲，相差整整四十歲。只要兩情相悅，靠著「威而鋼」助性，年齡似乎不成問題。

天一亮，趙小鳳便洗手做羹湯，並把張老爹的小樓上上下下刷洗一新，被子、床單、衣物全拿出來洗洗晒晒。張老爹頭髮也理了，衣服也換了，腰桿也直了，嗓門也大了，人也年輕了，好似六十啷噹歲。出雙入對，走路都帶風，好像在度蜜月，見人總是春風滿面說：「這是我的新婚夫人！」趙小鳳則小鳥依人，狀極親熱，令人羨煞。也有人背後指指點點，說什麼「老牛吃嫩草」。

只有五金行的錢老闆對他說：「空即是色，色即是空。你不要弄得竹籃子打水——一場空！」

想不到他們家頓頓「四菜一湯」，兩葷兩素。趙小鳳還說家裡燒的水不衛生，特別訂購大批大瓶蒸餾水，說常喝蒸餾水可以「延年益壽」。張老爹想起離婚後這段日子，有一頓沒

一頓的過，心裡很不是滋味，如今生活改善了，真是走老運，夜裡做夢都會笑。

趙小鳳家鄉親人很窮苦，日子難熬，不得已才遠嫁臺灣。張老爹知道後主動提出兩百萬作為聘禮，並一口答應趙小鳳與前夫生的三個孩子他都要，想也想得到很快便辦好結婚手續。趙小鳳感激之餘，天天幫張老爹洗澡、搓背，夜夜給他「上洋勁」，一口一聲「老公」，叫的他心花怒放，弄得他神魂顛倒。三杯黃湯下肚，便挖心掏肺地對趙小鳳說出心底的話：「我上了這把年紀，無兒無女，這個家等於是你撿到的，將來我腿一蹬，眼一閉，還不都是你的。」自然是有多少定期存款、活期存款、以及有多少金子、首飾，都一五一十地告訴了小鳳。

約莫過了個把月，趙小鳳返鄉探親去了，有一天晚上張老爹獨自一人坐在門前納涼，突然有位妙齡女郎推著單車走過來，問他要不要小姐？因為事出突然，張老爹搖頭一口回絕。兩天以後，當這位女郎再度出現時，張老爹一時把持不住，把他拉進門來，一度春風，便掏出兩張千元大鈔打發走人，心裡想：誰說我老？老人怎麼還會走桃花運！

趙小鳳在家鄉待了一陣子回來，一進門二話不說就大吵大鬧，一口咬定張老爹有外遇，和別的女人通姦。張老爹老神在在，以為神不知鬼不覺便死不認帳，只見趙小鳳將一卷錄音帶往空中揚了揚，對著圍觀的人說：「我這裡有證據，『小親親！小親親！』叫得多親熱呀！要不要播放讓大夥聽聽？」並說：「我要找律師，我要告你！叫你這個不知羞恥的老色鬼坐上十年八年牢。」

不一會，果然有位自稱律師的人提了一個〇〇七手提包走了進來，大剌剌地往沙發一坐，掏出名片晃了晃，說張老爹犯的是「通姦罪」，要坐七年以上十年以下的牢。張老爹一聽，像一枚洩了氣的皮球，頭「轟」的一聲炸開了，想到一生清白就要毀於一旦，急如熱鍋上的螞蟻，只求律師幫忙。

律師說：「辦法倒有，況且通姦屬於告訴乃論，這就看尊夫人了！」

張老爹忙來求小鳳，差一點就要跪下去，低聲下氣地說：「我的姑奶奶！只要你不告我，什麼條件我都答應。」

律師對小鳳擠擠眼，只見她眉頭一揚說：「那好！算你老東西知趣！你不是說這個家遲早都是我的嗎？那麼！富邦銀行一百五十萬定期存款給我！」

「行！」

「金子、首飾全部給我！」

「可以！」想不到一向視錢如命的張老爹，怎麼突然變的大方了。

趙小鳳一聽這話，得意洋洋，手一抬就把牆上玻璃鏡框扯了下來，三把兩把撕下鑲著教育部頒贈的「春風化雨」紀念金牌，揉作一團，說要拿去金子店賣錢。只見她放在手掌心掂了掂說：「怎麼那麼輕？是不是替你保管的那個老王調了包啦？」其實她那裡知道金牌是金箔紙做的，根本沒份量。

趙小鳳變本加利，乘勝追擊：「我還要臺灣銀行兩百九十萬的退休俸！」

張老爹這才著了急：「那是十八趴優惠存款，每月利息四萬多塊，你總不能把會生蛋的金母雞殺掉吧！那是我的命根子呀！」

「你不要眼珠子瞪的那麼大！不如就讓你這老不修坐牢算了！」想不到原先的依人小鳥不見了，如今竟變成河東獅子吼。

張老爹一聽到坐牢，便如同套上緊箍咒一般，沉吟不語。想到自己明年就是八十歲的人了，無兒無女，不知那一天死了，還不是便宜了國家，既然她要就給她。況且她對我照顧那麼好，頓頓「四菜一湯」，夜夜討我歡喜。於是心不甘情不願地說：「算你很！通通都拿去！只是一條，咱們要『和平解決』——離婚。」

「和平解決可以，不過，我還要這棟房子！」

「你叫我睡馬路？」

「你可以回大陸依靠你的幾個弟弟呀！」

張老爹把頭靠在沙發上兩眼發直，心裡盤算：如今，整條大牛都被人牽走啦！還護住這根牛撅子幹啥？忽又想起第一次返鄉時三個弟弟確曾說過：「哥！你就是拉著要飯棍回來我們也會認你，給你收拾一間小土屋，咱們兄弟姊妹每人每天只要給你一塊錢也夠你花的了，誰叫咱們是一母同胞呢！」

想到冬暖夏涼的小土屋，想到每天一人一元人民幣，就像掉到大海之中抓到一片浮木，又緩過神來，勉強點點頭。

律師見狀，伸手一探，將手提包裡準備的切結書，「刷」地一聲抽出來，攤在張老爹面前。沒情沒緒的他，連看都沒看一眼，無奈地簽了字，還按了手印，接著就垂著頭猛吸煙。

「要吸到外面去吸！這棟房子已經是我的啦！別把它薰臭啦！」趙小鳳突然想起當年在大陸當紅衛兵的信條：「割喉割到斷，鬥人鬥到死。」如今，財產全部到了手，還是要徹底殺殺他的銳氣。

張老爹默默不語，嘴裡叼著煙屁股往門外走去，一個狼倉差點撞上門框，被圍觀的人扶著，一語不發，只是擺手。

這回張老爹真的落葉歸根了，由於長期飲用蒸餾水的緣故，身體缺乏礦物質，彎著腰，神情黯然，回到大陸老家。

白天，親戚朋友歡聚一堂，他也不便提起什麼了。到了晚上，大門一關，才吞吞吐吐說他不但是孤家寡人，還是兩袖清風呢！接著一五一十將全部家產滴水不漏的過給趙小鳳的經過說了一遍。轉頭又問：「你們不是說過給我收拾一間小土屋？每人每天給我一塊錢嗎？」

「什麼小土屋？什麼一塊錢？」二弟鐵青著臉埋怨道：「俺怎麼有這麼傻的哥哥！讓人家仙人跳平白無故剝的光著屁股跑回來！」

「因為我喜歡她嘛！況且她對我好，每頓飯都是四菜一湯。」

二弟媳氣呼呼地發了話：「我們是看你今天回來才四菜一湯，平常都是一個菜，有時只啃窩窩頭配鹹菜疙瘩。」

一向沉默寡言的三弟媳心裡想：一個兩手空空的糟老頭子，想叫我們養老送終，簡直是在作夢，不如挑明了說：「反正你歲數這麼大啦！也該享幾年清福，回臺灣吃你的四菜一湯，何必跟著我們窮受罪！」

再看看三個弟弟塌拉著臉，默不吭氣，知道大勢已去，一顆心一直往下沉……。於是伸出顫抖的手摸摸口袋，好在還有一張回程機票。

一夜輾轉難眠，張老爹只恨自已枉為人師，當初為何沒聽錢老闆的話？如今，竟落得人財兩空！無顏見江東父老。

第二天沒人搭理，覺得甚是無趣。又見桌上放著幾枚熟雞蛋，已然會了意，知道那是家鄉人專為遠行人準備路上吃的。張老爹隨手往口袋裡一塞，猶豫一下，又掏出來放回原處，提著小包，走出了老家。走了幾步，回頭看看門樓子，又掃瞄一遍院中的石榴樹，掉下兩行清淚。

臺灣，又增添了一名流浪漢，偶爾操著濃重的鄉音嘰哩咕嚕念念有詞：

日也空，月也空，東昇西沉為誰功？
田也空，屋也空，換了多少主人翁？
金也空，銀也空，死後何曾握手中！
妻也空，子也空，黃泉路上不相逢，
朝走西，暮走東，人生猶似採花蜂，
採得百花成蜜後，到頭辛苦一場空。

但，想到「自由自在，諸法皆空」時，張老爹又笑了，整日痴痴癲癲，眾人都叫他瘋子。

＊　＊　＊

有一次，我和妻陪同岳母到臺北玩，看到「北門」，我忙著介紹說：「這是古時候的城門樓子。」

岳母聽了凝神看了看說：「既是城門樓子，為什麼要蓋在大街上？」

文法精

「你種田，我織布，他蓋房子給人住。」

李本題教授又在順口說出這似民謠又似兒歌的話來，頓使我們這群拉得如橡皮筋一樣緊的所謂「孜孜學子」，綻開笑容，對他有著一腫「大智若愚」與「返樸歸真」的感受。

兩年來，李教授一直擔任我們班上的「英文文法修辭與作文」。據說：他在臺灣大學都是擔任些「英國文學」之類的課程，他能在本校擔任一般教授不願教的課，也是因為他與馬主任有師生之誼的關係，他在河南開封時曾是馬主任中學時代的老師，如此推算起來他應該是我們的「師祖」才對，也可知道他執教鞭的年代多麼久遠。

李教授除了教我們偶爾翻譯一些「之乎者也」的文章外，很少用艱澀的語句講課，他的看法：教難的問題不會可以原諒，容易的問題不懂才是丟人的事。所以初上他的課，他總找一些「看起來容易」的句子，叫我們爬黑板翻譯一番，如「你比你弟弟大幾歲？」「水溝沒有水不是？」「你就穿看電影的那件衣服吧！」結果譯對的同學卻不多。使我們剛入學那份趾高氣揚的銳氣大減，不得不重估自已對「英文造句」的造詣了。

「白髮、銀牙、灰布衫」是李教授的特徵，實際上他的頭髮只是斑白而已，留著一個小平頭，銀牙鑲在上排的右前方，說起話來總是一閃一閃的。至於他那「一襲灰布衫」倒可以提一提，因為他一年四季都穿著那件衣服，偶然冬天天太冷了，他則加上一件西裝上衣，不過西裝太短，反而罩不住灰布衫下擺，加上灰布衫是大翻領且無法結領帶，使他看起來更加平易近人。我們原以為他就只有這件衣服，後來聽同學們說，他家裡還掛著幾件這樣的灰布衫，經細心辨別一下，果然冬天的較厚，夏天的較薄而已，他之所以喜歡寬寬大大的灰布衫，也許為了舒適、耐髒的原故。不由使我想起「布衣一生親，文章百世尊」，歌頌吳稚輝先生的詩句來。

李教授講課喜歡舉例，以便加深同學們的印象，若用現代醫學名詞來說，是要我們的腦部產生一種強烈「酸性反應」，俾能歷久不忘，如他講到「同位字」的時候，就用「志在春秋一部書」來說明，他解釋「一部書」就是「春秋」的同位字，如果省略「一部書」三個字，別人還以為關公只喜歡春天和秋天，而不喜歡夏天和冬天呢！

遇到我們覺得困難的題目，他都用圖解說明，他把分解句子看做拆卸電視機，提醒我們不要只會拆開而裝不上去，果真如此，人人都可當技工了。

我們句子寫不對，作文作不好的真正原因，經李教授分析：不是認識的字少，如果認識的字少，只要有一本《漢英字典》也就夠了；而是我們不會造句，他強調不會造句而會說話的人未之有也，相反的只要句子正確，即使發音或是咬字不清，別人也能聽得懂，例如，別人問你：

「現在幾點鐘啦？」

如果是十點半，你說成：「哈巴士頓。」（Half past ten）那有聽不懂的道理。

他並說：「美國費城的發音很好記——飛啦、逮啦、飛啦。（Philadelphia），牙刷也可記成兔子不拉屎（toothbrush）。」

「模仿」是人類的天性，李教授要我們以這種本能去模仿句子，即使不能「聞一知十」，起碼也要會「舉一反三」。他從不自誇自己所寫的句子都是自己造的，卻是模仿得來的，而且能夠指出係出自讀本某課上面，他述說：古時敵對雙方和解時，通常互相檢查對方手中是否攜帶武器，並脫下自己的頭盔，表示友善，今天則模仿為「握手與脫帽」禮。在動物中模仿性最強的是「山羊」，如牧羊人早晨把羊群自羊欄放出來時，先卸下柵門最上面第一道閘板，領頭羊即曲起一隻腿跳出來，其他的羊則仿而效之，縱使所有的閘板都卸光了，後面的羊仍會曲起一隻腳往外跳。

讀本每課若能「熟讀三十遍」，自然能擴大寫作領域，這是李教授的經驗之談。否則，假使我想寫一句「我看見一個女孩子與她正在抽煙的爸爸在街上散步」，如果你不會「正在抽煙」與「在街上散步」詞藻的話，豈不是只變成「我看見一個女孩子」了嘛！他這種熟讀的觀念，正與學校要求我們「晨讀、背誦」的做法不謀而合。因此，我就抓住這個機會，多背幾篇好文章，並數度獲得學校頒發背誦比賽優勝獎呢！同寢室住的馬克仁同學還打趣似地說：「你背書真像瞎子吃蔥——順著理」。

一般的課程，同學們總是有請假缺課的，然而每逢文法課不但座無虛席，並有學校的教職員旁聽，真可謂「堂堂爆滿」。李教授上課極為認真，從不遲到早退，往往為了結束一個問題，誤了搭校車的時間，但卻婉拒同學們代包的計程車，都是自己搭公共汽車回家，除非為了趕時間上課，他是很少坐計程車的。然而他所買的公車票掏出來給我們看，不論公、民營一律全票，從不願享受公教月票之優待，據他說：「兩塊五毛錢一張票，自大直坐到公館要四十多分鐘，已經夠便宜的了」。

「翻譯要先打樁」，李教授邊說邊在黑板上「咚咚咚」點了幾個點，那是主詞、動詞，乃至連接詞的位置？如此架勢擺好了，才不致犯大錯。為了認識字的關係位置，他要我們學邱吉爾「竭澤而漁」之法，找出一百個句子的主詞、動詞、賓詞以及補語來，如此翻譯才不會犯錯，作文才會有進步。

李教授從來不要我們死記文法規則，他的看法是「不懂規則，會用亦可。」如咱們中國人很少懂得中文文法，卻一樣能說寫流暢；否則既不懂規則，又不會用那就不行了，就好像把大樹砍下來放在院子裡，不會去皮、加工做成家具一樣的可惜。

有一天，李教授帶來一份報紙的副刊給我們看，上面有一篇翻譯的文章，那是我們最近才讀過的，而且，我們閱讀在先，報紙刊登在後，因此，他希望我們何不翻譯點東西練習投稿？或於兩、三年後能為英文報紙撰稿。甚至於他要我們花四十塊錢，去舊書攤上，買兩塊錢一本「過期」英文讀者文摘二十本，讀它兩年，對我們來說也不算有失身分的事。

除了教書之外，李教授的僻好可能就是「藏書」了，我雖然因為臨時有事，而未答應鄭建教同學約我去他家拜壽，但我一樣知道他的藏書之豐，足夠開一個小型圖書館，套他常說的一句話來說：「有照片為証」。由鄭期霖同學為他拍攝的祝壽照片中，可以看出師母的慈祥，三位師妹的美麗、文雅，以及他客廳內牆壁上的那些書。因為他的書並非放在鐵製或木製的書架上，裝上玻璃窗，加上鎖作擺設用的，他是先將若干三角小木架釘在牆壁上，上面搭上木板，然後再將書排列在木板上，如此而已。既不佔空間，取用自然極為方便，真可謂「開放性的書房」。

李教授譬喻：中學生學文法如同逛臺北街頭，只看到臺北的繁華熱鬧，卻看不出什麼門道；而你們學文法，如同在陽明山上看臺北，則可謂心平氣和一覽無遺，條理自然分明。豈只學文法如此，他並認為只要是一部好書，祖孫三代都可讀，而所得到的感受與效果迥異，拿《西遊記》來說：孫子讀它時「哈哈大笑」，父親讀它時「拍掌叫好」，祖父讀它時只是不停地「搖頭晃腦」。

當翻譯許地山〈落花生〉的時候，李教授闡釋「花生是君子」，才華深藏不露；「蘋果是小人」，擦胭脂抹粉在那裡招搖，他啟示我們要學花生，不要學蘋果。他慨嘆當前有些人喜歡打腫臉充胖子，縱然家境不好，也要穿一套新西裝、新皮鞋在街上晃來晃去，逢人便把名片掏出來吹噓一番，實際上這種人就是「只怕摔跤，不怕火燒」的可憐蟲，因為他家住的房子還是向別人租來的。

李教授以他那有節奏的音調講課，不但聲音貫注，且能控制全場。通常左手拇指鈎住左邊褲袋口，一對炯炯有神的眼透過墨邊眼鏡掃瞄全場，這時我們都摒住呼吸等待抽問。雖然我們座次、學號未按順序排列，但他卻能記住每人的學號及名字。我的學號是十三號，他說那是一個「幸運號碼」，所以經常被叫起來「表演一番」。他慣用麻將桌上的術語「扣三張」叫我們填空，如果我們有那個地方填的不合文法，他會連連說「敗筆」不已。

入學迄今已作十篇作文了，篇篇都經過李教授認真的刪改及講解，他給的分數很嚴，又限制我們的作文時間，時間一到起身就走，有一次陳錦麟同學就追到他家裡繳卷。如此卻加強了我們的寫作速度，即使寫不出長篇大論，他認為能寫出一點「酸梅滷」也好，再加點水不就變成了「酸梅湯」了嘛！

能寫、能譯才算具備「真槍實刀」的本領，這是他嚴格要求我們寫作的目的。他不要我

們像那些僅會是非、選擇題的學生為已足，更不要我們像劉備平時疏於騎術的練習，一但想騎馬反而跨不上馬背，只怪自己「脾肉橫生」，徒呼奈何！

為了使我們多一份練習機會，李教授特將他為本年度留學生及大專轉學生所出的試題，於其考畢後讓我們寫作，如Education and Reconstruction（教育及建設）及The Hand That Rocks the Cradle（推動搖籃的手）等等。

李教授常說：「以前你們讀書為找資料、為求知，現在讀書為寫作。」他為了要我們學作文、讀作文、研究作文起見，特別選一本適合我們程度的讀本，領導我們逐字逐句的研究下去，遇有較佳的辭句，必定大講特講一番，這是他一貫的「追！追！追！追根究底」的做法。

有一次他得意地說：「我不是來教書的！我是來幫你們大澈大悟的」。

「老師的英文既然這麼好！怎麼不去美國教書？」李開渝同學反問到。

「這是什麼話！就是他們請我，你還要問我願不願意去？」因為他是一向有原則，不會為五斗米折腰的人。

為了鼓勵我們用功，李教授自掏腰包買獎品，獎勵文法測驗成績優異的人，也就是他認為那些具有「慧根」的同學，像梁海晏同學得了一本兩吋多厚Webster's New World Dictionary（韋氏英文大字典），張聰明同學得了此種小型字典，賴世雄同學得了一支美國原子筆。不過，今年教師節學校亦頒給他一面「優良教師」獎牌，他雙手捧著高高舉起揚了揚向我們說：「太好了！太好了！這是最好的精神鼓勵。」

李教授懊悔的是在臺北市幾乎買不到燒餅、油條。做燒餅、油條的卻都集中在永和，連那些茶館也都變成了咖啡館，原因何在呢？因為三明治與麵包可以大批的做，請個女孩子看著賣就可以了，愛吃不吃是你的事，不像做燒餅、油條那樣費事。至於李教授其他的嗜好，我們看到的就是「抽煙」，當駕駛接他上課，他一下車就遞一支煙給駕駛抽，因此，他們對他特別好。而他自己往往為了急欲上課，又不得不佇立教室門口外猛吸幾口，然後才把煙蒂甩掉。不由使我想起大陸北方「說大鼓書」的人吸煙的情景來，縱使聽眾欲知下回分解？著急的不得了，那說書的仍用拇指與食指的指尖捏著煙屁股，歪著頭瞇著眼在那裡大過煙癮呢！

「作文要富想像力，造句要造簡單的字句」，這是李教授的見解。與其想像力強，切合主題，自然能作出一篇多采多姿的感人文章。至於造一個簡單句子，並非有一個主詞一個動詞就算了事，而要造一個像街頭巷尾常出現的「販賣五金手推車」的句子，其中包羅萬象，鍋、碗、瓢、杓乃至地板臘一應俱全，令你看的不忍離開，下次還想再看。

李教授的笑話通常孕育於課程之中，我們連上四個小時的課也不會覺得乏味，例如：他指出：「消滅動詞的方法有三，三者不會換前途暗淡」。（即加ing, ed, to）他又指出，不論講故事或作文章，都要把難懂的詞彙先解釋清楚，才能增加感人的效果。如你從理髮店出來，別人問你：

「理的怎麼樣？」

「吹風如電焊，洗頭像屠雞」。你這樣回答。

人家若不懂「電焊與屠雞」的名詞，就是想笑也笑不出來。

好文章如長江大河一瀉千里，不論與事實是否有出入，總是言之鑿鑿。因此，李教授提醒我們，對每一段重要句子之安排，多少要存一點「懸疑」，如果將句子寫成了「二加二等於四」或「我的爸爸是男人」，那就寫不下去了。假如寫成「二加二等於五」或「我的爸爸是女人」的話，你則可以藉此大大敘述自己的觀點。他為此曾畫圖說明：長江之主流為題目，支流為重要句，細流可描述並發揮之。

春去秋來，不覺已兩易寒暑，眼看十二月七日我們就要畢業離校了，同學們已推舉專人整理李教授過去所講的筆記，俾便打印人手一冊，足証我們對他的課程之重視。原本是一門苦燥乏味的英文文法課程，想不到李教授卻把它教活了。多虧他的旁徵博引，為我們解開了許許多多「死結」，使我們豁然開朗，能夠看出文章的結構，寫出正確的句子，乃至作出美好的文章來。

由於他對英文如此之精通，對修辭如此之精湛，對作文如此之精到，對文法如此之精明。因此，暗地裡同學們都叫李教授為「文法精」。

＊　＊　＊

由李教授的灰布衫使我想起一則故事：

甲、乙二人在街上閒逛，對面來了一個人，穿著衣衫襤褸，乙見了便躲躲藏藏。

甲問道：「你為什麼這麼怕他？」

乙說：「不是我怕他！而是你的朋友都是達官貴人，而我的朋友都是一些窮光蛋，多難為情！」

小鳥變魔術

學彈琴的小孩不會變壞。

學變魔術的小孩能夠揚名海外。

由於世界金融大海嘯，造成經濟蕭條，失業率偏高，人們生活苦悶，曾幾何時颳起了一陣魔術風。為了找尋刺激，為了超越自我，圓一場夢，近來學習彈琴的小孩少了，只有藉助魔術才能使幻象呈現，美夢成真。

因此，大人、小孩都在瘋狂地學魔術、玩魔術，社團、老師也在教魔術，電視臺不惜以高額獎金舉辦魔術大競賽，海峽兩岸推展魔術交流，什麼變鴿子、變兔子、大卸八塊已不稀奇，甚至泰國魔術師能把大象變來變去，美國魔術師能把「自由女神」變不見了，您說邪門不邪門。

想不到前幾天隨同昔日長官和夫人們到海南島旅遊，在一處熱帶植物園裡看到小鳥也會變魔術。

那裡雖說是熱帶植物園，但有許多鳥類棲息。以前，在臺灣也曾到過幾處鳥園，但都用大型紗網罩住，連進出門戶也封閉嚴實，原因是怕鳥兒飛出去。可是這裡的鳥兒怎麼就不會飛走呢？也許森林太大，這裡就是牠們的家。

當玩鳥人往臺前一站，一隻小鳥便飛上肩頭，玩鳥人先將三個飯碗置於桌上，並將一粒圓球放入其中一個碗內，分別翻轉過來，用兩手在桌上前後左右轉悠，轉悠的你眼花撩亂，稍一停歇，小鳥便趨前以尖嘴指向某個碗，翻開一看，圓球果然在裡面。玩鳥人又增添一隻碗，一共四個，如此轉悠，稍停，便叫現場觀眾先猜，再由小鳥指認，結果還是小鳥猜的對，您說稀奇不稀奇！

之後，玩鳥人呼叫另外一隻小鳥投籃，只見小小的籃球架擺設停當，在籃球架不遠處放著一堆小保齡球，有一個滑板與籃球架相通，只聽玩鳥人一聲「投籃！」那隻小鳥聞聲便嘴啣一個花皮球，搖搖擺擺往籃球架走去，只見牠抬頭、挺胸、伸嘴、低頭，籃球已進了籃，並且順著滑板往前溜去，輕易地打中了保齡球。如此反覆做了三次，每次那些保齡球雖未全倒，但已差強人意。待牠第四次投籃時，球剛進網，小鳥便迅速走近那些保齡球旁監視著，對那些沒倒的球，牠便迅速用嘴一個個推倒，比人還精。

至於小鳥爬天梯那更是輕而易舉的事了，只見場地中央掛著長長一串梯子，說是梯子，每層只不過是一枝橫木條而已，直上直下沒有一點坡度。然而小鳥卻能從從容容昂首闊步好似紳士一般，一階階攀爬上去。

小鳥拔河也是一樁新鮮事，一邊是五隻白色小鳥，看起來有點像鴿子，但比鴿子體型略小。另一邊是體型碩大孔武有力的金剛鸚鵡。玩鳥人一聲「預備！」兩方鳥兒紛紛啣起繩子。玩鳥人接著口喊：「拔河——開始！」雙方你來我往形成拉鋸，最後那五隻小鳥三局兩勝，足以証明群策群力不容忽視。

拔河過後就是舉重比賽了，只見玩鳥人伸手一抬，便飛來兩隻大鳥。玩鳥人將一個小型「鼎」讓兩隻鳥兒分別啣起，然後換成中型的，最後換成大型的。也許大型的鼎體積太大，重量太重，其中一隻鳥兒三番兩次啣不起來而落敗，得勝一方的獎品是幾粒穀子。

小鳥送禮物也很新鮮有趣，玩鳥人先叫觀眾雙手攤開置於面前，作捧物狀，然後讓小鳥叼著一個紙糊的蘋果來回穿梭，待牠選定中意的人，便將蘋果輕輕置於那位觀眾手心，然後飛回。第二次又叼著一支玫瑰花，送給另一個人。細看之下，兩位幸運兒都是可愛的小女孩，鳥兒之所以能選中她們，也許是對女性情有獨鍾吧！

鴿子與人共處並不稀奇，飼養人家只要在地上撒一些稻穀，鴿子就會自動飛來，若有人走過，牠們也會讓路，卻不會飛開。

奇怪的是，在那裡養鳥人叫我們每人抓一把穀粒，伸開手掌等待鳥兒們前來啄食。說是等待，其實只是一眨眼工夫，四面八方林中的鳥兒便蜂湧而至，一隻、兩隻、三隻……，擠來擠去站在我們手掌心上啄食，眾人一陣歡笑，一陣驚呼，養鳥人趕忙為大家一一按下快門，留下美好的鏡頭。

出園時，那些令人不可思議的場景便沖洗出來，一張十元人民幣，真是生財有道。記得咱們的諺語：「一鳥在手勝於二鳥在林」，是在勉勵人不要貪心的意思。如今算吧算吧妻手上竟然站了六隻小鳥，又當如何解釋？

鳥學人語並不稀奇，鸚鵡、八哥都能朗朗上口，但是若能對答如流，不只稀奇，而且古怪。以下便是他們的對話：

玩鳥人說：「恭喜發財！」

小鳥答：「紅包拿來！」

玩鳥人說：「床前明月光，」

小鳥答：「疑是地上霜。」

玩鳥人說：「我愛你！」

小鳥答：「真的嗎？」

令人笑彎了腰，簡直不可置信，臨走時妻揮揮手說：「再見！」小鳥立即回答：「拜拜！」

一般來說，大型動物比較好訓練，尤其是「靈長類」，如猴子、猩猩等，因為牠們身體

裡有與人類相同的基因。

至於獅子、老虎、大象等動物，為何能被馴服，我想人人都知道，那就是「打！」不聽話就用鞭子抽，再不聽話就用鋼鞭狠狠地猛抽！往死裡抽！咱們中國人不是常說：「不打不成器嗎？」尤其對待畜生，從不手軟。聽說大象不聽話，象奴都用長的彎刀猛刺大象的臀部、大腿，刺進去！拐一下！再拔出來，只見鮮血直流，那種殘忍！那種凌虐，令人不忍卒睹。

因此，上了表演場，那些動物只須斜眼瞄到馴獸師手裡的鞭子，便像老鼠見了貓，服服貼貼，百般無奈地，一個指示，一個動作。

可是，小鳥能打嗎？小鳥能罵嗎？那麼，海南島人是如何辦到的？

但，事情並非儘是如此，海南島的茶葉就稀鬆平常了。在廣大的森林中隱約可以看到紅磚綠瓦的房舍，低頭細瞧大門旁掛著「香茶研究所」，顧名思義，他們是利用現有的天然資源，研製出一種別具風格「海南島香茶」。

可是，當我們走進一家茶藝館中，甫坐定，一杯杯香茶便送上前來，而且每種香茶都有一個美麗名字，眾人忙不迭地品嚐、換杯、換杯、品嚐。如此周而復始，也記不得換了多少道茶，而那些海南島姑娘們像花蝴蝶一般穿梭其間為大家倒茶，及至「茶過三巡」，她們便使出渾身解數開始推銷茶葉了。

只見遊客們不是搖頭就是擺手，再不然就是顧左右而言他，無一購買。並非全然認為價格太貴，實則茶味平淡無奇，更別說「香」了。

領隊王自樂將軍見雙方僵持不下，而且我們又平白無故喝人家幾道茶，為了化解尷尬場面，只好自掏腰包，花了一千兩百元人民幣，買了四個茶餅。

也許下次再來時，真正的「海南香茶」已研發成功。

在印象中海南島是一處蠻荒之地，一些皇親、國戚、將相犯法，會被發配至海南島受苦，如唐宋八大家之一的蘇東坡因不滿朝政，講錯了話，便被貶到那裡。

據說：蘇東坡到了海南島之後，首先教導當地土著如何飲水？因為自古以來他們只知道喝溝裡、河裡的水，那些水骯髒、混濁，喝了容易生病。蘇東坡教他們如何掘井？如何汲取清潔的泉水飲用？

第二件事是教導他們如何用牛耕田？減輕人力。

第三件事便是教化他們讀書、識字、不吃生食，以及烹飪方法。因此，五天旅遊每天晚餐總少不了東坡肉、文昌雞，還有道道地地的二鍋頭。至今那裡仍保留蘇東坡學堂、蘇東坡像、蘇東坡井，以及他鍾愛的大片竹林。不由使人想起他那「寧可食無肉，不可居無竹」的話。

海南島建省二十多年，雖然名正言順稱之為「海南省」，但官方不准當地發展重工業，以防空氣污染，原因是當地具有發展觀光條件，可是條件歸條件，卻無觀光資源，說得通俗一點，就是沒有錢，而且缺乏技術。雖有世界小姐選美比賽以及一年一次的「博鰲論壇」在那裡舉辦，但繁華過後，剎時間便已人去樓空，對實質經濟發展又有多大助益？

為了保持原始生態，吸引觀光人潮，三亞機場大廈俱是就地取材，以巨型木樑搭建而成。佛教界並在三亞做一尊「海上觀音」，隱隱約約只見一座白色觀音巨像顫顫威威踏波而來，甚是莊嚴壯觀。而且不論你置身何處，慈祥肅穆的觀音像總是面對著你，使你頓覺心地平和，胸無雜念，原來觀音係採三面塑像，怪不得無所在無所不在了。

海口則是利用萬人填海造地，名為「萬綠園」，園中花木扶疏，小橋流水，涼亭、拱橋、花架、魚池……，令人流連。一些青年男女在大樹下隨著音樂練習交際舞，賣礦泉水的小販熱情地邀請我們參加。

導遊帶我們去看「海上巨龍」，眾人竚立海邊翹望，心中納悶，不久果見一個龐然大物自海上而來，大家驚呼，原來那是一輛火車，道道地地的水上火車。

廣東與海南島遙遙相對，中間隔了一條「瓊洲海峽」，海深不可測，人們只靠空運與海運往來。為了增加物流量以及縮短航行時間，海南島人仿照三國時代「火燒戰船」的模式，船連船、船併船，然後在船上裝設枕木，便是鐵路了，只見火車一路行來搖搖愰愰，令人捏一把冷汗。

據說：初次行駛時，曾嚇死一位漁民。

海南島沒有人妖，沒有人參，沒有綿羊，沒有溫泉，沒有葡萄、美酒、夜光杯……，可是那裡得天獨厚盛產椰子，不但滿山遍野都是椰林，連行道樹也是椰子樹。凡是到過那裡的人沒有不喝椰子水的，自然是物美價廉，然而喝完了順手一丟實在可惜，聰明的海南島人便利用椰子殼大作文章。

只見一些婦女三兩下將喝光的椰子殼薄薄一層外皮刨光，然後經過食品工廠磨碎、加工，製成各式各樣食品。而且，還標榜是最夯的健康食品，原因是椰子殼纖維質多，多吃會長壽，那裡一百多歲的人瑞滿街都是。

一旦你進入椰子食品大賣場，就如同走進九曲十八拐，狹窄的通道，轉來又轉去，兩面堆積如山的椰子食品，加上一波波擁擠的人潮，不停地將你向前推擠，就像過河卒子，只能拼命向前。

進門時，每人發一個迷你塑膠杯，售貨員手提大茶壺，為您倒幾滴「甜椰奶」叫您品嚐，只有那麼幾滴，自然覺得格外香醇，隨即兩邊歡聲雷動強烈推銷甜椰奶粉了。而且兩罐一組，四罐一組，買的越多賺的越多。走了幾步又有一位售貨員叫你舉起迷你杯，倒幾滴「鹹味椰奶」給您試飲，接著又是一陣推銷鹹味椰奶的騷動，這不過是暖身運動而已，接著便是咖啡椰奶、巧克力椰奶、可可椰奶、原味椰奶、低糖椰奶、無糖椰奶、椰子奶糖、椰子糕、椰子酥、椰子餅，乃至椰子沙奇瑪都出了籠。而且從原先高級罐裝，一下子改成紙包散

裝，令你耳目一新，令你再次悸動，徹底打破心防，價格也相對便宜，每人的手推車都塞得滿滿的。

結完帳，出了門，鬆了一口氣，以為已是海闊天空，擺脫糾纏，可是進入眼簾的又是一攤攤椰子殼工藝品，哇噻！我的媽呀！又要受一層折磨，通過另一場九曲十八拐的考驗。這回非下定決心不可，於是抖擻精神，囑付妻快馬加鞭，儘速從人群中抽離，順手給孫子買了兩個椰子殼撲滿便走人，一切叫賣聲充耳不聞。

一種椰子，千種變化，總算開了眼界。

有人說：「男人不去海南島，不知道自己身體好不好？」似乎在說海南島都是風塵女郎，都是靠賣笑維生；這只是道聽塗說，對海南島人並不公平。因為我們不但看到那裡的開發，也看到了那裡的文明，那裡不但學校、圖書館林立，並且將古老的「文殊書院」保持得完完整整。甚至當世界各處ＳＡＲＳ流行期間，只有海南島保持一片淨土。

他們之所以知所進取，所以竭盡所能吸收中原文化，是與他們的民族性有關，基本上，人們是善良的、和睦的，而且從不服輸。

古代凡是因罪被發配到海南島的官員，皇帝意欲他們受苦受難，殊不知反而會受到當地人們的禮遇。即拿某朝一位太子來說，由於行為不端獲罪於皇上，被發配該島，讓其自生自滅。殊不知到了那裡，當地土著卻奉為「天神」，不但為其營造官舍，並選拔美女作為妃子，頓頓山珍海味。不久皇帝心軟令其返朝，當地士著一路送行，太子登船眾人跪地頻呼：「太子萬全（萬歲）！太子萬全！」太子回宮後感念海南島人民的愛戴，遂將海口近郊被當地人視為母親河的大河，命名為「萬全河」。

當我們遊覽「鹿回頭公園」時，只見一個巨鹿石雕佇立在大石上昂首回頭，甚是壯觀，遊客紛紛拍照留念。

據說：很久以前有位老婦人生一種怪病，必須經常喝鹿血才能使病症不致發作。她的兒子為了醫好母親的病，每天在山巔、原野追逐水鹿。

後來感動仙女，幻化成鹿形在前面奔馳，這位青年緊隨追趕，追了幾天幾夜，仙女見他累得筋疲力竭仍不放棄，而被他的孝心感動，隨即放慢腳步，及至相距不遠時，青年急急拉弓搭箭，就要射出，只見水鹿猛然回頭，原來是一位如花似玉的女孩朝著他笑，彼此一見鍾情，便結為夫妻，也治好了她母親的病。

當年國父孫中山先生，在廣州成立「陸軍軍官學校」，命先總統蔣中正擔任校長，所招收之學生竟以海南人士居多，後來北伐成功一一擢升，以致若干年後軍事將領中以海南島人氏居多，由此可見他們奮發向上積極進取的精神。

也許是因緣際會，海南島三大美女宋氏三姐妹，宋藹齡、宋慶齡、宋美齡，竟然分別嫁了我國一代偉人，成為人間佳話。

這些都是看了小鳥變魔術引起的話題，回頭再看看我家四樓頂層妻辛勤耕耘的迷你菜圃，小鳥為了繁殖下一代，竟然築了兩個巢，母鳥整天蹲在窩裡孵蛋，見人走過只發出「咕咕」示警之聲，也不飛開。

有一天，待牠外出覓食時，我走近窩前一看，令人不可思議的是鳥巢做得如此嚴密、結實，外層用粗枝，且以纖維纏繞樹枝，中間用細枝，裡面用絨毛，既堅固，且圓滑，又舒適。由此看來小鳥智商之高，不但是一個偉大的建築師，且是一個慈祥的母親，令雙手萬能的我們自嘆弗如。

總之，海南島之旅給人憑添一些啟發，幾許懷念：

歡歡喜喜海南遊，
暮然驚見鹿回頭，
林中鳥兒變魔術，
海上觀音似漂流。

人間美味東坡肉，
文昌雞配二鍋頭，

椰子製品千萬種，

大包小包買不休。

＊　＊　＊

有個冤死鬼想投胎轉世，於是蹲在鄉村小道旁，遠遠看見一個人走來，於是把一條腿伸到小路上，想把來人絆倒摔死。可是當對方走近時，他又猛地把腿收回來。

另一個鬼疑惑地問明原故？他答道：「你沒看到來人走路時雄糾糾氣昂昂，如果被他踩著了，不知要有多痛哩！」

老鄉見老鄉

學生時代是一個黃金時代，充滿了美麗的夢想，不幸的是我卻當了「流亡學生」，那麼，一切的夢想也就因此破滅了。

民國三十八年秋由於中共叛亂，我們這群「喪家之犬」，由校長領著從山東出發，隨著時局轉變，經過江蘇、浙江、江西、湖南，約有十月餘的東漂西盪，最後抵達廣州，在中山堂的廊簷下棲身，等待開往臺灣的船隻。

雖然大半個中國已是烽火連天，赤焰遍地，但廣州仍是燈紅酒綠，一片太平景象。從四面八方匯集的流亡學生，佔據了車站，碼頭、公園、廣場……，閒來無事便搭乘「免費公車」到處遊蕩，或跳到黃浦江裡戲水。

我站在黃浦江岸照照江水，發現自己蓬頭垢面，連乞丐都不如，簡直就像一個活鬼。原來自從離家以後，將近一年都沒理過髮了。

我摸摸口袋裡祖母給我留作紀念的兩枚古銅幣，尋尋覓覓，找到一家最不起眼的理髮店，畏畏縮縮走了進去，告訴理髮師傅：「我要剃頭！」只見他歪著脖子，兩個眼珠滴溜溜地瞪著我瞧，不發一語。為了解除他的疑慮，我只好硬著頭皮掏出那兩枚磨得光滑的古銅幣給他看，他才收斂起眼神，一把接在手裡，戴起老花眼境，翻來覆去看了老半天，往口袋一丟，手一指，示意叫我坐上理髮椅子。

那個時候沒有電扇，只見一個小徒弟靠牆貼燒餅似地站著，手裡不停拉著一根懸空繩子，牽動吊在屋樑上的厚重大布幔，為客人搧涼，新鮮有趣。那位小徒弟見我進來，怔怔地看著我，手中拉繩不知不覺地停了下來，理髮師傅見狀，緊繃著臉狠狠罵道：「刁你老母法海！」只聽得我心頭打顫。

剛剃完頭，門外進來一位警察，得知我是山東流亡學生，甚是親切，原來他也是山東老鄉。只見他向那位理髮師傅嘰咕幾句，又摸摸我剛剃好青光發亮的頭，想不到的是，理髮師傅竟然把兩個銅子還給了我。我好奇地幫小徒弟拉一會兒風扇，連個「謝」字都沒說便走了。

過不幾日適逢端午節，只見那位警察拎著一串粽子到中山堂來看我。這種噴香的鹹粽子太好吃了，也是我生平第一次吃，五個粽子如秋風掃落葉一般一口氣吃的精光。可是，在一旁叼著煙捲的這個警察先生看我大口大口吃的時候，眼眶裡泛著淚光。

我問他叫什麼名字？他說：「俺和您不是同鄉嗎？您就叫俺『老鄉』好咧！」我又在「老鄉」後面加上「大哥」兩個字，我就叫他「老鄉大哥」，他聽了點頭微笑。

坐了一會，老鄉大哥見我吃飽之後精神見長，說要帶我去浮水（游泳），於是我倆拿腿就走。

黃浦江畔楊柳滴溜打掛，遊人三三兩兩，橫臥江心的一座拱橋猶如天邊的一道彩虹，好一個醉人的人間仙境！我們往江裡縱身一躍，暑氣全消，那種自在，真是難以形容。

我的浮水技術並不好，只會打澎澎，連狗爬式都不會，那一次卻忘情地練習潛水。於是閉上眼睛，正當用左手食、中二指堵住鼻孔眼栽一個猛子的時候，無巧不巧，頭正好卡在橋墩的石頭縫裡，脫不了身，幸經這位老鄉大哥踩水踩到了我，死拖活拖地把我拖上岸來，後腦勺卻破了銅錢般大小一塊皮，流了不少血，手腳像彈棉花似地不停打顫。他馬上撕破衣襟，邊為我包紮邊說：「乖乖隆地咚！你是鬼門關不開，閻王爺不收，龍王爺不要的孩子嘛！」

我疼的倒吸兩口冷氣，嘛著嘴，任憑老鄉大哥怎麼哄也沒有用。只見他把剛才在江底摸的一塊黑黝黝的打火石給我，看起來有巴掌那麼大，說那是如假包換的「黑石膽」只有在黃浦江底才有，用火刀可以打出火星來，火星落到紙媒子上能夠吹著。在那打火機沒有發明，火柴還是稀罕物件的年代，我一聽這是打火石，噗哧笑了出來，接在手中把玩。

老鄉大哥似乎知道我沒有內褲可換，只見他右手一揚說：「換上！這是我給你帶來的褲叉子。」那時，我雖然已是半拉小子，而身體卻瘦得像螞蚱，穿上他寬大的內褲，益發顯得像個衣裳架子。

經過幾番折騰，他看我站著發愣，便拉著我往回走，嘴裡邊走邊唱：「三國戰將勇，首推趙子龍，長板坡前逞英雄……。」聽他這一唱，我也忘記頭疼了，輕聲地跟著哼哼，老鄉大哥又是熟門熟路，於是兩個人甩開大步，曲裡拐彎，不知不覺中山堂已遙遙在望。

最後一次和老鄉大哥見面是在大街上，有一天，我在街上溜達，碰巧看他頭戴鋼盔，身著藏青色制服，腳上穿了雙牛皮鞋，配帶著手槍在一個機關門前站崗。他見了我緊緊握住我的手，噓寒問暖。

突然，一位警官手持馬鞭走出來，二話沒說就朝著老鄉大哥劈頭蓋臉地抽，只見他左躲右閃，「哎唷」連連，警官手中馬鞭非但未停，反而變本加利，邊抽邊吼：「站崗時間誰叫你和這小叫化子搭訕！」

「我不小叫化子！」也不知是誰借給我的膽子，我也跟著吼了起來。

「你是流氓學生！」警察罵道。

「那你是流氓警察！流氓警察！」我不甘示弱。

只見這位警官面色鐵青，顯然著了惱說：「好！今天老子要叫你見識見識流氓警察的厲害！」說著說著突然拔起腰間的手槍。

只見老鄉大哥一個箭步，撲上前去就要奪槍，嘴裡不停地大喊：「小兄弟！趕快跑呀！」

俗話說：「光棍不吃眼前虧」，我一見大事不妙，毫不猶豫拔腿就跑。只是嚇得腿肚子轉筋，鞋又不跟腳，接連摔了兩個跟頭，趕緊爬起來再跑。背後「砰！砰」傳來兩聲槍響，我登時好像靈魂出了竅，兩腿一軟倒了下去，連滾帶爬來到中山堂。

如今，每當想起當年我是多麼地自私，只是自顧自的一跑了之，也沒顧及老鄉大哥是否波及，每念及此，就有一種錐心泣血的痛。

多年來，那枚油光發亮的黑石膽一直陪伴著我，作為我的書鎮。往往情不自禁瞄上一眼，前塵往事歷歷在目。日前，我用雕刻刀在黑石膽上使勁的刻了歪歪斜斜四行小字：

老鄉見老鄉，
兩眼淚汪汪，
患難見真情，
懷恩日月長。

＊　＊　＊

北海道出產「帝王蟹」，自助餐能吃多少，就吃多少，不限量。有位同行的女士每次吃帝王蟹的時候，都是揮舞著「刀槍劍戟」，操作熟練，一會便吃一大盤，接連吃了好幾盤。

而我呢？卯足勁，半天挖不出一點肉來，吃不到兩隻腳爪，只得放棄。於是好奇地問那位太太：「妳是不是很喜歡吃帝王蟹？」

「才不是呢！」她舉起叉子眉頭一揚說：「常聽人家說『帝王蟹好吃、螯難纏』，我倒要看看有多難纏！」

我沒膽

我怕看到鬼，因為我沒有膽。

有一天，我和妻隨著「鄰長旅遊團」去旅遊，第一天就來到高雄「大澎灣」，搭上遊艇繞著彎彎曲曲的海岸觀賞紅樹林，只見那些淺水中胎生的水筆仔隨風搖曳，甚是好看。

遠處有些漁人坐在輪胎形的獨木舟上，好似老僧入定一般在垂釣，一群海鷗繞著我們的船不停地飛舞，忽上忽下忽左忽右，好像在歡迎我們的到來。

據船家說：岸邊幾座廢墟及一些飛機殘骸，就是二次大戰期間日本「自殺飛機」基地。那些飛機是專門攻擊美軍軍艦之用，而且一擊中的，有去無回。後來被美軍偵知，把基地一舉摧毀，夷為平地。聽起來有幾分肅殺之氣，夾雜著幾許蒼涼。

灣裡有一處小島，幾戶店家，那是專為遊客烹調現撈海鮮而設，缺乏遊息情調。我們無意久留，便繞島一週揚長而去。

及至到了岸邊，熱情的船家已為我們準備好生蠔、木炭、爐火，讓我們ＤＩＹ一番，而且生蠔無限供應，尚有大鍋熱湯，以及卡拉ＯＫ助興。

生蠔是大澎灣的特產，新鮮味美，況且遊艇歸來餓腸轆轆。女眷們坐在小板凳上翻來覆去地烤，男人則大剌剌地待在一旁，翹起二郎腿大快朵頤一番。雖然旁邊柱子上明明貼著一付警語：「生蠔不能生食！」但我們沒有生食呀！況且這是我有生以來第一次吃「炭烤生蠔」，自然覺得格外新鮮有趣，也就不知不覺多吃了些。

誰知這一吃不打緊，只覺整個小腹腫脹不已，脹得幾乎就要爆炸。我很想將之嘔吐出來，只是將手指伸進喉頭騷弄一番，也是枉然。怎麼辦？午飯自然是不用吃了，眼巴巴地看著四部遊覽車的眾多鄰長們魚貫進入餐廳用餐，只剩我一人在廊簷下晃蕩。

有位在打開水的遊覽車小姐問我：「怎麼不去吃飯？」我說：「生蠔可能沒烤熟，吃的肚子發脹。」只見她用白眼珠子瞄了我一下說：「怎麼可能沒烤熟！那是你吃得太多了！」

晚餐面對著精美多樣的歐式自助餐，也只有望餐興嘆！

第二天遊興大減，只覺得輕飄飄的，整個人好像在雲裡霧裡，至於玩了些什麼地方？看了些什麼景緻？在我腦海中是一片空白，回到家裡倒頭就睡。往日頭痛發燒一覺醒來精神大好，可是，這次不知怎麼的？翻來覆去睡不著。

朦朦朧朧只覺得一陣發冷，妻為我蓋上一床棉被、兩床棉被、三床棉被，可是仍然冷得直打牙巴骨，有些類似小時候打擺子（瘧疾），妻以前從來未見此狀況，如今慌了手腳，趕忙把我送到一家大醫院急診室。到了醫院又是一陣發冷，醫生翻了翻我的眼皮說：「眼睛發黃」！至於是什麼病？顯然他已猜到八九不離十。經過一連串的量體溫、驗血、驗尿、做心電圖、照超音波，以及磁震造形等等檢查，確定我是經由食物感染，引發「急性膽囊結石」。

醫生問我最近有無去過國外？我聽了直搖頭，因為此時正值H1N1新流感流行期間，他們深怕我碰到煞星，由國外引進病毒。其實，不久之前我與妻確曾到過韓國旅遊，不是我不說，而是我心裡有數，乃是由於貪吃碳烤生蠔而引起的。

經過醫生會診，決定採取三個步驟治療：第一，先抽出發炎的膽汁；第二，再取出膽管結石；第三，開刀取出膽囊結石。主治醫師對於三段治療方式，徵詢我和妻的意見，妻一臉茫然，只是看著我發愣。我呢？我是泥菩薩過河，既然到了這個節骨眼上，也只有聽天由命了，於是二話沒說，點頭如搗蒜。

所謂「拉弓沒有回頭箭」，此時，箭已在弦，我只好抱著把命交給上帝，把病交給醫生的心理。

第一步，先是吸取發炎的膽汁，只見醫生手提一個大針筒，針頭至少也有三吋長，喝令兩名助手：「按倒！」我急急地說：「你們要給我打麻藥呀！」醫師說：「你不是說你有心律不整的病史嗎？如果打麻藥人會休克，甚至死亡。」接著以低沉果斷的聲音對一名高頭大馬的護士說：「捏住他的口鼻！」護士以熟練的雙手，分別用力緊緊地捏住我的嘴巴和鼻子。就在我憋得透不過氣來，幾度掙扎又動彈不得的當口，只覺右胸部被狠狠刺下一針，越旋越深，痛徹心肺，接著又是第二針、第三針……。我的天！我雖然竭力反抗，但已是俎上肉，想吶喊，也叫不出來，就這樣被折騰了整整四十分鐘。醫生說：「好了！」我才得以「解脫」，重獲自由。

只見醫生將那支特大號的大針筒在我面前晃了晃說：「看到了嗎？化膿膽汁整整四十CC，如果再發炎的話咱們再抽。」

我一聽，急急雙手合十，一再乞求：「拜託！拜託！千萬不能再抽了！那簡直要了我的老命！」

醫生看了看我，揚長而去。

第二天上午，我被推進一間手術室，醫生示意我躺在手術臺上，叫我放輕鬆。他說：「這不是動手術，只是取出膽管裡的結石而已。」我有點納悶，隔著肚皮怎麼取？果然又是兩名護士分別按住我的雙臂和雙腿，醫生叫我張開嘴，以迅雷不及掩耳的手法，硬是把一支長型夾子往我的喉管裡塞，只覺得喉嚨既癢且嗆又難受，整個人在一張硬梆梆的鐵床上翻來覆去地掙扎，只聽得乒乒乓乓，夾雜著醫師不停地吼叫：「不要動！不能動！」其實，一隻被宰的羔羊，那裡又能安份得了。

醫師側著頭，從電視機螢光幕裡可以清楚地看到膽管結石的位置，俾便調整操作的角度。只覺得他那把要命的夾子在我的喉管裡進進出出，出出進進，終於告一段落，時間約有二十多分鐘。我迫不及待大咳一陣，眼淚鼻涕都流出來了。即使在冷氣房裡，全身衣服早已濕透。

妻，隨著病床的推動，像叫魂一般，不停地叫著我的名字，難到是在黃泉路上，我只好有一搭沒一搭地應著。後來聽妻說：醫生用了蒙汗藥，怕我醒不來就糟了，可是，我怎麼還是那麼清醒呢？

只見護士端來一個白磁盤，裡面盛著五顆直徑約半公分多角形黑色發亮的小石頭，原來那就是要命的結石。

膽管結石既已取出，我大大鬆了一口氣，以為這樣可以高枕無憂了，誰知道這只不過是開始而已，原來是老鼠拖木掀——大頭在後邊。

第三天，果不其然輪到大牌醫師登場，因為大牌醫師從來不端架子，總是溫文儒雅，輕聲細語，看起來這次要玩真的了。令人想不透的是：這種討厭的玩藝，為什麼生在膽管還不說，卻又偏偏生在膽囊裡？

這位大醫師還算「人道」多了，手術前為我注射了麻醉藥，我便悠悠乎乎在不省人事的狀況下接受手術。也不知過了多久？醒來時的一剎那，只覺得天崩地裂，痛苦欲絕，只是迷迷糊糊擺動腦袋大吼大叫，有著一種生不如死的感覺。說真的，如果再重來一次，我寧可選擇死亡，也要放棄開刀。

護士見我不停地吼叫，覺得不耐煩，也在一旁吼叫起來：「別裝啦！別裝啦！」

其實，病房的護士都很溫柔體貼，輕聲細語，舉止文雅，量血壓、測血糖、換點滴……，穿流不息。而手術房裡的護士彷彿形成另外一種「文化」，就像戲臺上的文武場景，開刀房由於動刀子的關係，應該屬於武場，使得他們離文明越來越遠。

一進開刀房我就覺得那裡的氣氛不同，打個譬喻說：簡直就像「菜市場」，不但刀子、鑷子、夾子滿天飛舞，砰砰啪啪，而且她們的交談都是大吼大叫，甚至隔了幾個手術臺還能閒話家常，不亦怪哉！

妻說：「手術經過五個多小時，其間醫師把我叫進去兩次，第一次說您有心律不整的毛病，手術可能會引發中風。第二次說手術尚稱順利，整個膽已經切除了，用托盤托著，顫顫威威，約有半個巴掌那麼大半吋厚的一塊肉，旁邊還有八九十顆結石，一樣的烏黑發亮，一樣的不規則而且尖銳的小石子。」對了！要不然它的醫學名詞為什麼會出現「結石」兩個字。

看來咱們人類實在有夠蠢，對於什麼高血壓、糖尿病、高血脂、膽固醇，以及痛風等耳熟能詳，惟獨對膽囊結石一竅不通。怎麼形成的？如何罹患的？以及如何預防及治療則一無所知。

我極不安分的躺在病牀上，沒有因病況解除而減少絲毫痛苦，反而變本加利撕心裂肺地痛，護士見此情景為我服下止痛劑，才稍稍緩和。聽病房裡的一位病友說：根據醫學文獻記載，人體的疼痛約可分為十級，孕婦生產屬於第六級，膽囊手術屬於第一級，也就是「極限級」。怪不得連日來我所遭受的痛苦與折磨，只能用「生不如死」來形容。

想起六、七年前也是在這家醫院開腰部骨刺，手術雖然長達八個小時之久，可是開完刀便能下床，而右腿被壓迫的神經疼痛也消失了，而這次怎麼那麼倒楣！

十多天來不吃東西還可忍受，但不能喝水卻令我飽受折磨，真正嚐到了口乾舌燥的滋味。妻偶爾用棉花棒沾點水幫我擦擦乾裂的嘴唇，已是最大的享受了。由於舌頭、喉嚨過度乾燥，說起話來怎不低沉沙啞。

照照鏡子，我已不成人形，左邊吊著一付尿袋，右邊吊著兩付膽汁袋，再加上手臂上的一支點滴，走起路來蹣蹣跚跚。想起往日的「雄壯威武」不知那裡去了，如今看到的只是一下子蒼老十幾歲的老頭子，甚至說是一具行屍走肉。怪不得在《三國演義》裡張飛口口聲聲「天不怕，地不怕」，但當聽到一個「病」字時，總是畏懼三分。

手術後為了「通氣」，必須放屁，為了放屁，必須走動，惟有走動才能使腸子蠕動。實際上，躺在床上並不好受，因為插著管子、吊著袋子，而且左右開弓，只能直挺挺地躺在那裡。既不能側睡，也不敢咳嗽，咳嗽會引起劇烈疼痛，惱人的是愈不想咳，卻偏偏咳個不停，只好抱著肚子強自忍著。

為了製造排氣因子，妻便扶著我在偌大病房走道裡，像孤魂野鬼一般，推著點滴在挪動，順著橫橫豎豎寬敞的走道一條又一條地走，那裡也不知留下我們多少足跡？

每一條走道的盡頭都有一個大玻璃窗，窗外所展現的不是公園、綠地或馬路，就是店鋪或住家。心裡不免盼望著有那麼一天病好了，我也能在公園裡走走，在馬路上逛逛，或待在家中享受那人間至美至善的天倫之樂。

儘管你怎麼走呀走，三天下來肚子仍是聞風不動，沒有一點排氣徵候，護士即使為我灌了腸也是枉然，百般無奈地只有等，只有再加強走動而已。

到了第四天，果然「卜卜卜」放了一串響屁，同室的病友都在為我高興，紛紛對我說：「恭喜放屁！」

屁，如此一放果然有許多好處，醫生馬上就准你吃飯、喝水，平日我們對於這件事不會覺得怎麼樣，如今算吧算吧至少有十五天，也就是半個月滴水未進，粒米未沾。如今一聽這個大好消息精神為之一振，病情好了大半，即使只能吃清粥小菜，那又何妨！

俗話說：「病來如山倒，病去如抽絲。」得了一場大病，就像遭受一場大災難，一時半會是無法復原的，因此，最苦的就是我的內人，在大熱天裡不但為我擦拭，為我盥洗，扶我起坐，扶我上、下床，而且還要為我擔心受怕，怕的是手術真的會引起中風。如今我已七十六歲了，如果一病不起，家中頓失支柱，每念及此，只有暗地裡抹眼淚。

在恢復飲食的第三天，終於可以「拔管」了，拔掉尿管，拔掉兩支膽汁管，拔掉點滴，踢踢腿，伸伸腰，拉拉筋，果不其然我是一個「自由人」了，這是我多日來夢寐以求的大事。

住了十八天的院，整整十五天不飲不食，受了不少活罪，惟一的代價就是瘦了六公斤，罹患多年的糖尿病血糖值竟然降下來了，怎能不說是塞翁失馬！

再過三天就要出院了，雖然護士拿了一張表來，叫我注意飲食方面的一些禁忌，甚至囑付我不能提重物，不能作劇烈運動，以及不能泡湯等，其實這些我都不在乎。如今，我所在乎的是我怕看到鬼，因為我沒有膽！

＊　＊　＊

我曾讀過《美國人的幽默》一書，其中有一則寫道：

人生所怕的是會不會生病？

如果不會生病便沒有什麼可怕的，

如果會生病所怕的是能不能治好？

如果能治好便沒有什麼可怕的，

如果治不好怕的是會不會死亡？

夜遊阿寒湖

打從決定去日本北海道旅遊那一刻起，家人就為我和妻做抗寒準備。因此，女兒捧出她去哈爾濱旅遊的全部行頭，兒子拿出他的厚大衣，媳婦買了暖暖包，連古道熱腸的王家嫂子也為我們每人打一頂純羊毛帽子。臨出門時，兒子又從床底下摸出一雙多年沒捨得穿的皮鞋來，說那是「名牌」，平頭、厚底，流線型。我滿心歡喜，隨即把球鞋脫下換上，果然很拉風。

到了機場，見到導遊，托運了行李，與其他團員寒喧一陣，便叉著腰，鶴立雞群地站在一旁，神氣十足。

想到美夢成真，馬上就要去看雪景了，打從心坎兒裡都在笑。一時忘情地哼著小調：「一位姑娘七十七，再過四年八十一……。」哼著、哼著，不知怎的突然右腳腳跟陷了下去，稍為扭動一下，整個鞋底四分五裂。

「哎呀！我的媽呀！」我幾乎叫了出來。

我整個心都涼了，妻動作麻俐地清理現場。我便踮起右腳尖急急走進洗手間，使勁扳動左腳鞋底，反正一腳高一腳低也不能走路。誰知這一扳不打緊，好似摧枯拉朽一般，整個鞋底被我硬生生地扯了下來。

我喘了兩口大氣，緩緩神，走回原地。妻見我兩腳平坦，人卻一下子矮了半截，不由摀住嘴笑。好在鞋底仍有一層襯墊，否則，我不就成為赤腳大仙了。

眼看快登機了，我急得像熱鍋上的螞蟻，二話沒說，便腳踏「薄底快靴」，像飛毛腿一樣，衝向航站大廈每間店舖，希望能有奇蹟出現。只見他們出售的旅行用品一應俱全，就是不賣鞋子。

就這樣，我無精打采上了飛機，深怕有人眼尖，瞧出我的糗事，上了報，那才丟人現眼砸傢伙。

來到北海道釧路機場，好歹也得跟上趟，於是一步一步緊隨大夥出了關，住進旅館。導遊催促大家先用餐，面對美好的日式料理，我卻一點胃口也沒有，便坐在一旁蹺起二郎腿東張西望。不料，旁邊一位團友說：「你的鞋子怎麼啦？」我一聽霍地站起身來，瞪了他一眼，憤憤說道：「我看你是那壺不開提那壺！」又壓低嗓門對妻說：「快點吃！吃完咱們先去買鞋子！」妻擔心那層薄底開了叉，漏了餡，馬上放下碗筷，拿腿就走。

出了旅館，鵝毛大雪撲天蓋地而來，刀尖似的西北風刺骨的冷，頓時打了兩個寒顫。這才想到帶來的厚厚衣物仍躺在行李箱中，沒顧得穿。我與妻相偎相依走在耶誕卡片裡，像

「賣火柴的女孩」。

由於語言不通，我們挨家挨戶指著鞋子給店員們看，妻甚至把鞋子脫下來，他們見了只是拿出「止滑墊」，示意我們套在鞋子上就不會打滑。及至費了半天工夫，會了意，他們便天南地北亂指一通，說不定沒準就是那裡？我們豈肯漏掉一個。不過，所到之處，店裡所賣的東西，幾乎千篇一律都是紀念品，去了也是白搭。

後來有位瘦高條子仁兄熱情地拉著我跑到店門口，指著遠處一片燈火輝煌的地方咕嚕一陣，我們點頭如搗蒜，轉身離去，此時，也只能有棗無棗打一竿了。

走到那裡，才知道是「阿寒湖冰上遊樂場」，門票一百日元，水銀柱上已顯示出零下二十度C，我們依序走下扶梯，但見湖上人潮洶湧，熱鬧沸騰。從四面八方一撥撥來的旅遊團，紛紛湧進這難得一見的銀色世界，欣賞方圓二十六公里冰封三呎的湖上風光。此情此景，我們也顧不得什麼鞋子不鞋子的事了，很想玩它周遭一個遍。

果然冰上嘉年華會獨樹一格，只見冰雕處處，冰屋連連，在彩色燈光輝映下，益發顯得像一個詭譎的人間仙境。

小型冰屋圓圓的，乍看起來像蒙古堡，大型的像宮殿。我們拾級而上，迴旋曲折，不是冰筍壓頂，便是冰柱擋路。冰筍酷似某些山洞中的「鐘乳石」，晶瑩剔透，千條百條懸在半空，煞似好看。冰柱則是上下一體，渾然天成，這才是明符其實的水晶宮。

遊客側身而過，學著企鵝走碎步，或低頭，或仰臉，一不小心就會「哧」的一聲摔了個「黑狗曬蛋，四蹄朝天」。及至爬到頂層，拍落身上的雪花，揉搓凍僵的雙手，不勝唏吁：高處不勝寒哪！難怪阿寒湖三個字中間有個「寒」字。

雪小了，天空陰沉沉的像塊鉛，我打著眼罩四週張望，濃霧未開。我一時遊神，不覺天搖地動，遊客驚叫連連。哎呀！不得了！「明天過後」，世界末日來臨？及至回過神來，才知道是地牛翻身，怪不得這裡的活火山還在冒煙呢！

再度向下看時，三名歌手若無其事輪番上陣唱著日本民歌，聲調渾厚低沉，帶有幾分蒼涼。面前放著一個箱子，上書「隨手打賞」幾個漢字。

一群西北利亞來的嬌客——丹頂鶴，少說也有二十好幾隻，遊客不敢沾邊，以免嚇到。北極熊已是「熊落平陽」，在雪坑裡打滾，任憑旅客戲耍。只有那些胖嘟嘟的狐狸，就會賣騷，在滿園枝枒全灑上一層白的林子裡竄來竄去，與遊客追逐嬉戲。

曾幾何時，一些人已匯攏湖心，時兒仰望天空，時兒看看手錶。突聽一陣「哧……澎……哧……澎……」的聲響，震人心弦，原來在施放煙火，眾人紛紛舉起相機捕捉剎那璀璨。及至我想有樣學樣，適巧打了兩個大噴嚏。妻急忙脫下她的帽子給我戴上，取下圍脖給我圍上，用手指掐掐我的腮幫子，側著臉說：「你可不能倒下來！你不是要做什麼『人生長跑』嗎？」

我沒答腔，偷偷擤了把鼻涕，就手一抹。

再看看別人，有的人卻不畏寒冷在吃冰淇淋呢！轉頭又瞥見一位足蹬三吋高跟鞋的股溝妹，像山羊一樣跳來跳去。我真替她捏把冷汗，萬一鞋跟斷掉一隻豈不比我還慘！

再說，天冷算什麼！「肥田沃土長不出根雕樹」。人家「蘇武」怎麼能在冰天雪地裡放了那麼多年羊？我們才多大一會工夫！想到這裡，只覺一股溫熱由心底傳到手上。妻說：「不要再磨蹭啦！」便挽著我的胳臂往湖邊走去，這時，鞋子已滲進雪水。

可以想見的是湖邊的幾家小店如出一轍，除了紀念品外，就是阿寒湖的特產──綠球藻，圓圓的，像乒乓球一樣大小。女店員們戴在耳垂上，搖曳生姿，搖的我眼花撩亂，又能搖落幾多愁？我喃喃自語：「當初為什麼那麼發傻？迷戀名牌！」

事到如今，我們再也沒有咒唸了，只得返回旅館。豈不應了李白的話：「嗟爾遠道之人，胡為乎來哉！」

時近午夜，大地一片靜寂，商店打烊，街上連個鬼影子都沒有。房屋是白的，道路是白的，分不出那是那？妻握住我的手在發抖，我揪住她的膀子，把她緊緊抱住。是了！是了！饑寒交迫已隨風而逝，驚惶失措又湧上心頭。我低頭看了看露出鞋外凍成冰塊的腳趾頭，心裡想：「大槐樹絆不倒人，怎麼專怕牛橛子。」

於是，跟著感覺走，繞了個大彎子，終於旅館在望。

進得門來，一個右拐，經過販賣部，猛抬頭，「啊哈！」那架上擺著的不就是一雙皮鞋嗎！叫店員取下一試，正合腳。「我得救了！我得救了！」我不停地大喊。一時之間店裡的人都愣住了。我那原本吊得老高的心，才「卜通」一聲掉下來。

我換上新鞋，打了一個迴旋，簡直好到不行！於是邁著輕快的步伐向電梯間走去，哼著小調：「一位姑娘七十七，再過四年八十一……。」

＊　＊　＊

我穿著無底快靴在冰封阿寒湖上走了一遭，不由想起小時候最為驚險刺激莫過於「跑響凌」了：

當冬天來臨，東大汪的冰尚未凍得十分結實之前，猛提一口氣，人就像蜻蜓點水一般跑過去，後面斷裂的冰塊「叭叭」亂炸，真過癮！

如果腳步較重或是動作遲緩，便會隨著冰塊落入水裡，整個人變成「冰人兒」！

同學會

民國九十年四月十三日，星期五，對於英文班的同學是一個「吉祥」的日子，因為他們要打破洋傳統「黑色星期五」的迷信，利用這一天擴大舉辦同學會。

餐會設在新北市某知名餐廳的二樓。迴廊婉延曲折，坐擁扶疏花木，眼見流泉飛瀑，恍若流連西子湖畔，置身人間仙境。

與會同學共十九位，其中六位同學攜眷參加。席開三桌，可謂集一時之盛會。自語文中心畢業，轉瞬間已經二十七個年頭了。當年一群英姿煥發的小伙子，如今已是操持穩重、舉止有節的中年人。甚至有的髮已稀、齒已搖、眼已花。若是走在路上，恐已相見不相識，行同陌路。本人有鑑於此，特別分贈每人一篇「老兵不死」的文章，彷彿在訴說：「老兵不死，只是凋零而已。」

同學中年齡較長者為郭慶皐同學，他是在學期間的首屆學員長，也是此次同學會的發起人，只可惜身體不適，餐會舉行不久，旋即離去。

餐會靈魂人物為華家駒、梁海晏、吳世根三位同學。請看看那封文辭並茂的邀請函，清晰明確的交通指南、詳詳細細的同學錄，以及識別證、回函明信片，餐廳名片等，洋洋灑灑一大袋。再加上熱誠的接待、豐盛的酒席、全自動的卡拉ＯＫ，足可證明他們準備之周延及辛勞。

韓民生伉儷、陳錦麟伉儷、張聰明伉儷、以及本人夫妻來得較早。其中臺商張聰明的夫人，同學們有著似曾相識之感，原來她就是當年語文中心的打字員，經過長達兩年的「乒乓外交」，終於偕得美人歸，張聰明不愧為「聰明」人物。

接著進來的是石齊伉儷、廖文中、張玉龍、李榮、林力堅同學。石齊同學雄壯威武，嗓門寬厚，顯然承襲了乃父「石覺」上將的大將之風。而且他們夫妻長了一對「夫妻臉」，越看越有趣。

江建森伉儷到的較晚，江學長經營「超視」，我聽了之後興趣正濃，特別推荐自己美麗的孫女到超視當歌星，只是言之過早而已，原因是我的孫女今年還不滿週歲。

來得最晚的是蘭亞航同學，正好留著首席給他坐。由於他的塊頭大，名符其實是一位典型的「大亨」。相對的，留著小平頭，體型瘦小的翟華生同學溫文儒雅，怎麼看都不像一位「飛虎將軍」，殊不知至今他仍在復興航空公司開飛機呢！

此一知名之餐廳真正是杭州西湖食為先餐廳的分號，每一道菜餚都有著獨特的西湖風味。尤其「東坡肉」油而不膩，「一品鍋」五味雜陳，令人齒頰留香，回味無窮。

餐會中的餘興節目為卡拉ＯＫ，由本人帶頭演唱，接下來是陳錦麟同學的夫人。我們只知道海軍陸戰隊出身的陳錦麟同學十分健談，擅長時事分析，而今才知道他的夫人竟是一位金嗓歌后，優雅的歌聲動人心弦。至於李榮同學的英文歌曲，徐榴柱、張玉龍、廖文中的三重唱，亦足以盪氣迴腸，繞樑三日。

離開學校，各奔前程。「英文」或多或少給予大家一些助力。因此，在事業上都有了成就。只是時光不再，有人變胖了，有人變瘦了，有人變老了。唯有李清標學長沒變，仍是「李輕飄」，吳世根仍是「吳小弟」。本人見此情景，風趣地說：要想保持年輕，必須秉持「三不政策」——對過去的事決不後悔，對現在的事決不煩惱，對未來的事決不恐懼。

風趣幽默的「小鬍子」李開渝同學，模彷一口道地的山東腔，主持首屆同學會長選舉。全體同學一致推舉華家駒同學擔任，自此同學會變成一個常設組織。

俗語說：「酒逢知己千杯少，話不投機半句多。」同學門總是有談不完的話語、訴不盡的情懷，喝起酒來更是乾杯連連。席間不但紅葡萄酒無限供應，而三瓶「三多力威士忌」已是瓶底朝天，臨時又增添一瓶。除了幾位因有夫人在場，不敢逾越外，其餘的同學多已喝得醉眼朦朧、東倒西歪。

餐後在徐榴柱、與我合唱「月亮代表我的心」歌聲中結束，彼此互道珍重，相約明年再見。

回程我坐在火車上閉目養神，往日在語文中心兩年時光一幕幕在腦中閃過：那荷花池畔，花前月下有我們的足跡，有我們的的歡樂，有我們的笑語，有我們的讀書聲、嬉鬧聲，聲聲入耳。

那籃球場上，有我們的矯健身影，鬥牛、上籃、作健身操、練外丹功、打太極拳，呼呼生風。

那大禮堂內，有我們的歌聲、演講聲、辯論聲，聲聲不絕

我們懷念自天母聘請來的美語會話老師，她們都是美軍軍官眷屬，平易近人。我們又是採小班制，九人一組，大家邊喝可樂，邊天南地北聊啊！聊啊！反正是用說話練習說話貝！很能與我們打成一片。

尤其其中一位Mrs. Gundelfenger（金手指夫人），看起來很像蘇菲亞羅蘭，風姿卓越，笑聲如歌，瘋迷了全班同學。在那物資缺乏的年代，偶爾她還會帶些蘋果分給大家，我們邊吃邊聊，只吃得不亦樂乎。記得有一次Smiths（史密斯）老師還請我們吃蒙古烤肉呢！

我們懷念李本題教授，他是臺灣大學的英文泰斗，禮聘來校專教我們的「英文文法修辭與作文」。由於他的深入淺出，循循善誘，使原本對文法一片茫然的我們，豁然開朗，逐類

旁通，人人能夠寫出一手好文章。記得有一次他叫我爬黑板翻譯兩個句子；「臺北市的富人沒有富得不吃米的，臺北市的窮人沒有窮得吃不起米的」，弄得我久久不知如何下筆，好不尷尬。他說：「碰到這樣的句子時要化繁為簡，可以譯成『臺北市人都吃米』」。

我們懷念翻譯教授楊耐冬，他頭戴一頂草編的鴨舌帽，身體清瘦，精明幹練，說話鏗鏘有聲，雙目炯炯有神，常叫我們翻譯一些稀奇古怪的句子，乃至俚語與方言。碰到這種句子時只能意譯，不能直譯，否則，只有現醜。如有一次他的題目裡有一道「松柏歲寒而後凋，雞鳴不已於風雨」，有位同學未解其意，驟然下筆，竟譯成了「在天氣寒冷的時候松樹和柏樹後面吊著一隻雞，不論颳風或下雨，都在那裡不停地叫」，令人好笑。最近，楊教授又翻譯了一部文學名著《百年孤寂》，叫好又叫座。

我們懷念鄭德裔同學，因為他不良於行，須要做輪椅，由同學輪流推來推去。但他那一心向學的精神，從無遲到早退。後來聽說他又考取日文班進修，但不知他的後半生如何規劃？如何自理？但願有一天奇蹟發生，使他能夠恢復健康，與我們一起追、趕、跑、跳、碰……。

我們懷念黎修已同學，因為他不幸在國外車禍喪生。記得有一次他在教室裡搞怪，被一向嚴肅的美籍老師O'Dowd（歐道德）趕出教室外，不准他上課。我以為他會羞愧的大哭呢！殊不知下了課一看，他卻坐在大樹下嘻皮笑臉。畢業後有一次我去臺北在街上碰到他，他堅持邀我去他的辦公室裡坐坐，喝杯咖啡。

我們懷念「電化教室」，因為那是自由天地，沒有老師的拘束，而且有冷氣可吹。有人說：「一部論語行天下」，在我們來說「一部美語課程」（American Language Course）行天下」。因為一進電化教室，我們就如魚得水，每人有一部萬能對講機由你操作，或聽、或說、或寫、或交談、或複頌，悉聽尊便，總之，趣味盎然。原因是說錯了沒有人笑話，念不會也沒有人責備。如此一遍、兩遍、三遍，讀完千遍也不厭倦，久而久之便滾瓜爛熟了。誠如牆上的標語「Practice Makes Perfect」（熟能生巧）。再配合我們推行的「說美語運動」，誰說國語要罰一塊錢作為班費，以致美國腔調大行其道，有人聽起來像馬龍白蘭度，有人聽起來像克拉克蓋博，真有趣！

我們懷念「英文查經」（Bible Class），每當課餘教會便有一些美籍牧師來到學校宣揚教義，不論我們是不是信徒一律歡迎。只聽他們口若懸河，旁徵博引，同時又掛圖表、又放影片，再不然便鼓勵同學們發問。不知不覺我們的聽力增強了，如此心領神會，也了解一些教義，如：「神愛世人，甚至將祂的獨生子賜給他們，使一切信祂的，不致滅亡，反得永生」。

我們懷念學校的伙食，以往法文班辦的伙食最棒，但輪到咱們英文班的時候不甘人後，由智多星華家駒同學一馬當先，親自擬訂菜單，親自上市場採買，親自監廚，才能做出一手好料理。只見南北口味互換，中西菜餚雜陳，簡直好像上館子一般，全校師生讚不絕口。

我們懷念今年沒來參加同學會的同學，不知他們安好否？但願青春長在。

我們懷念的事情實在太多太多了，謹作一首詩結束吧：

負笈習外文，
師恩似海深，
同學多星散，
聚首格外親。

＊　＊　＊

有位美國人講了一個笑話：「我的朋友彼得，他太太喜歡穿迷你裙，而且短得不得了，每次我見到她都說：『妳不像富爾敦，還要等颳風。』」

笑話講完了，翻譯官翻譯完了，沒有一個人笑。翻譯官著了急，對大家說：「剛才他講的是美國式的幽默，希望大家幫忙笑一下！」接著一陣轟堂大笑。

按：富爾敦，美國科學家，汽船發明人。

排隊

每當我走在路上看到別人在排隊，如果沒有重要的事情要辦，我直覺的反應就是一個箭步趕上前跟著排，然後，再向前面的人詢問：「排隊做什麼？」過了一會，如果看到自己的後面也站了長龍般的許多人，那種歡喜，那種快樂難以形容。

許多人排隊之所以也排上了癮，原因是多多少少有一點便宜好佔，如百貨公司開幕大優待啦！關門大減價啦！大胃王比賽啦！分送電影優待券啦等等。

其實，人生下來就是為排隊而活，兒童時為了進好的幼稚園要排隊，年輕時為了求職要排隊，中年時為了升遷要排隊，老年時為了退休要排隊……。

民國三十八年幾十萬部隊剛來臺灣，大家正值適婚年齡，臺灣女孩子含蓄又害羞，軍人待遇微薄，很難找到對象，為了結婚大家又在排隊。

說也奇怪，惟有進殯儀館不用排隊，因為那裡來者不拒，照單全收。記得有一次我參加一位長輩公祭，下車後大家一擁而進，只聽兩位老者相互謙讓，一位老者說：

「你先走！」

「不！你先請！」另一位老者說。

想不到如今在這工商業急遽發展的年代，人就成為機械式地一般，凡事都要排隊：看病要排隊、買票要排隊、存、提款要排隊，這邊排完就轉往那邊排，一天到晚總有排不完的隊。

為了聽一場演唱會，為了一睹心中偶像迷人的風采，許多人頭一天晚上就搬來凳子、鋪上報紙、甚至搭起帳蓬來排隊。往往彎來彎去排成一條長龍，既妨礙交通，又影響觀瞻，但排隊的人依然似潮水般地蜂湧而至，嘻嘻哈哈，高談闊論，站的站，坐的坐，臥的臥，吃東西，喝飲料，事後弄得遍地垃圾。

我家附近新開了一家西餐廳，場地寬敞，格調高雅，上門的人只是小貓兩三隻。可是對門那家牛肉麵館，竟然生意興隆，後來的人擠也擠不下，大家只好乖乖地排隊等。有一天，我向老闆反映：「可以把門面擴大一點，免得大家擠在巷口排隊！」

老闆先是一愣，有點不高興地說：「先生！您不知道，排隊是我們家的『活招牌』，門面一大就惹不起人注意，誰還會來？」接著好似得理不饒人似地又說：「有的商家還花錢請人來排隊呢！真是狗拿耗子！」

最後這一句話他雖然說得聲音不大，但我卻聽得真切，只得抹抹鼻子走開，誰叫我多管閒事？

第一次偕妻返鄉探親，在廣州火車站等車，明明排在最前頭，可是火車一來就亂了套，擠巴擠巴就把我們擠在最後頭，只聽火車一聲長鳴竟然啟動了，我們還傻傻地提著笨重的行李站在月臺上，我的鞋子也踩掉一隻，真懊惱！

以往年輕氣盛，只要看到有人插隊就火大，一定要把他揪出來，不惜大打出手。如今習以為常了，排隊時我都是心平氣和，買一份報紙邊排邊看，一步一趨，報紙看完了，也該輪到我了。不過，有一回也許看報紙看得太入神，在前後兩人夾殺下，竟被擠出隊伍外，成了孤家寡人一個，看看他們橫眉豎眼的樣子，只得自認倒楣，轉到後面重排。

如此，排來排去排了許多年的隊，有朝一日忽然貫通，原來這是一種先進社會中的「排隊文化」。再說，世間不是也有兩種人不用排隊的嘛！那就是「走後門」或者「走前門」。

走後門的人不外找關係、走門路，算是一種無形中的插隊，因為它無形，所以也惹不起人們反感。如此一來，他們不排隊照樣辦事，不排隊照樣升官、發財，因為辦事人員不是他的小姨子，就是他的小舅子！就是他的大表叔、二大媽，這種人多麼令人不齒。

走前門的人那就光明磊落了，因為他們大可以挺起腰桿，憑著本事與實力，經由奮鬥、考試，乃至俱有特殊專長而受到拔擢，眼睜睜地看著他們出人頭地，怎不心生佩服，鼓掌叫好。不由使人感慨良多：

人生本來要排隊，
排來排去真乏味，
不想排隊白不排，
勸君切莫走後門。

＊　＊　＊

記得，有一次排隊搭公車，見到身旁有位鄉下彎腰老頭，於是叫他先上車，眾人見他年邁，紛紛讓坐，他也不坐，只是蹲著。原因是他帶了一隻鴨子上車，怕司機不允，甚至要多補一張票，便把鴨子藏在褲襠裡，彎著腰走路，以免露出破綻來。

過了一會，老者怕鴨子呼吸困難，憋死了，於是拉開褲子拉鍊，讓鴨子探出頭來喘口氣。

不料，旁邊一位大嫂見了，一直摀住嘴在笑。

老者不悅，便問道：「笑什麼？難道沒見過！」

那位大嫂邊笑邊說：「見是見過啦！只是沒見過長眼睛的！」

閒來無事玩股票

退休下來，整天待在家中閒著無聊，適逢有家證券公司在本鄉設立。心想，這是一種合法的投資管道，既能變現快速，又能保障權益，雖然有點投機，但投機才夠刺激，何妨拿點餘錢去試試運氣，藉以打發時光，舒展筋骨，認識一些號子裡面的朋友，說不定還會發點小財呢！豈不一舉數得。於是開了戶，自此也就如同坐上「雲霄飛車」，隨著股市波動，急遽沉浮。

每天一大早背著帆布袋，趕到證券公司報到。為了看盤，不得不把脖子伸得長長的；為了搶差價，不得不在人群中擠來擠去；為了改價碼，不得不對營業員低聲下氣。

一顆心隨著揭示板上的數字跳動，全身的血液隨著人潮、錢潮沸騰，一股焦急與期待交替，竟把原來所患的什麼倦怠症、失眠症也忘得一乾二淨。猶如拾回了青春，拾回了歡笑，並拾回了希望與憧憬，不自覺地低吟：「我是一個快樂的投資人！」

為了學習操盤技巧，不惜繳交大把鈔票，上補習班惡補一番。什麼「上影線、下影線、平均線」，弄得七葷八素；什麼「黃金交割、死亡交割」，弄得暈頭轉向；什麼「放空、跳空、軋空」，更是弄得頭腦空空。

雖然將這些股市進出決勝術、投資策略與看盤技巧反覆鑽研，但是一進場，總是覺得心慌意亂，口乾舌燥。往往面對揭示板，來回看了又看，一看就是好幾天，也不敢下單。

耳際間卻是名牌、耳語充斥，牛皮股、績優股五花八門；那種股有選舉行情？那種股主力已介入？忍不住躍躍欲試，於是這才下定決心，填單掛進。

股票買是買了，可是回到家裡，總是食不甘味，夜不安枕，手持電子計算機，不時地計算著自己賺多少？賠多少？一顆心就像「十五個吊桶打水——七上八下」。連說夢話都會大喊：「漲停板！漲停板！……」

如果真的漲停板還好，否則，一連幾個跌停板下來，導致一股悶氣無處發洩，無形中將低氣壓帶進家裡來，弄得全家人的日子不好過。由於長期的緊張，到頭來不是引起便秘，便是罹患口腔炎，身心遭受雙重煎熬。

為了增加資訊管道，家中增訂一份日報、一份晚報、一份雜誌。凡是有關財經方面的消息，則必戴上老花眼鏡細看究竟，希望能破解個中玄機，找出「名牌」。然後再反覆推敲明天到底是「開高走低」、「開低走高」、抑或是「振盪整理」？

不過，令我們這些盲目投資人氣惱的是，解盤的人總是報導一些已經漲跌的股票，並分析他們漲跌的原因。至於明天的行情如何？他們多半用一些模稜兩可的字眼，並且建議你「不追高，不殺低。」簡直是說了等於白說。

這些老生常談的操作手法，凡是初入股市的人沒有一個不知道，只是難以心領神會、得心應手罷了，到頭來總是買到最高點，賣到最低點，使人懊惱不已。

自從電視臺的晨間解盤、午間股市分析加播以來，我家電視機的開機率就相對提高。至於各家證券公司舉辦的股票投資講座，總會每場必到。

除了專心聽講外，還要錄音、做筆記，作為溫習、研究之用。因此，整天忙得不亦樂乎！無非想練成一種呼風喚雨、點石成金的本領。

說也奇怪，當大勢好的時候，呼風喚雨、點石成金並不難，因為不論買進什麼股票都會漲。有人說：「臺灣錢淹腳目」，再加上籌碼少，投資管道不多，熱錢總是滾滾流入，造成一種推波助瀾的旺盛人氣。

通常於星期一大膽買進，星其三、四便可獲利了結，有時一週可採收兩三次。往往左手進，右手出，便可輕而易舉大撈一筆。甚至幾個漲停板下來，夠我往日一年的薪水，世間有何種生意、何種工作賺錢如此容易？那種愜意，那種成就感，令人覺得醉醺醺！飄飄然！

賺了錢要會花，並且花在刀刃上才有真實性，才不失卻投資的意義。因此，除了各類股票越變越多之外，總會來個「三日一小宴，五日一大宴」，與家人及親朋好友慶祝一番，藉以展示一下自己的成果，受到他們的欽佩與肯定。

此外，家中的沙發也換新了，冰箱、電視機也換新了，還買了鋼琴和轎車；至於時裝、手飾更是不在話下。尤其不會忘記，每逢周末假日帶著太太和孩子們，遊覽風景名勝，一償多年宿願。

為了附庸風雅，不讓別人看出自己是個暴發戶，特別訂製了兩個大型落地書架，其中「廿五史、大英百科全書」是少不了的。再加上幾幅名人字畫，也就坐擁書城，誰能說我只會炒股票？

原以為從此一帆風順，苦盡甘來，誰知好景不常。由於「九二一大地震」，一連十幾個跌停板，於是，不得不採取斷然措施，將一部份持股以跌停板價位掛出。如此一連三天，股價越盤越低，可是手中剩餘股票卻仍乏人問津。心裡想，這下我完了，我的股票快要變成廢紙，祇覺得一陣頭昏目眩，原來許久未犯的心臟病、高血壓又來了。

不料，第四天股價小幅反彈，抓住此一難得的機會，三步併作兩步，奔向營業櫃枱，再次全部以跌停板的價位掛出。當我刷卡的時候，眾家股友紛紛圍攏來，讚賞我的魄力與傑作，我也有些洋洋得意，心裡暗自高興：「哈！哈！趕快大跌吧！再跌十幾個停板我也不在乎！」

於是邁著輕快的步伐，哼著醉人的歌曲回家。誰知剛一進門，就由收音機中播出「ｘｘ漲停板！……漲停板！……」。幾乎大部份的股票都已漲停。原來我已賣到最低價，也無心吃飯，回房倒頭就睡。

經計算結果，不但一年來心血白費，賺的錢全部泡湯，而且把老本也賠上不少，可以說好事轉眼成空，至此方才體會出「賺錢容易守錢難！」

翻遍所有的股票投資書刊，都是教別人如何上車？如何賺錢？從來沒有一篇文章或報導，教別人如何下車？如何保本？於是我便在這方面日夜苦思，痛下工夫，希望能找出一條門徑。妻卻揶揄地說：「人家玩股票是為了賺錢，你玩股票是為了保本，乾脆把錢放在銀行裡，不就可以保本嗎！」

真是「一語驚醒夢中人！」專家們不是亦曾說過：「賺錢最多的人是離開股市的人！」，「中長期投資較短期投資更有利」，「買賣股票三部曲：（一）買進、（二）賣出、（三）休息」。回想起來一點也不錯，我不就是每天忙著買進、賣出、而從不「休息」的人嗎！如果把當初買進的股票保存到現在，豈不是穩賺不賠！又何必拼死拼活跑短線，搶帽子，到頭來，搶不到帽子搶鞋子，落得兩手空空。

此時，我便冷靜下來，以理性來分析、觀察，並且注意技術面，研判基本面，選擇合適的股票買進，過戶後，鎖在保險櫃裡。對於什麼紫微斗數、小道消息、政府打壓行情等措施，一概置若罔聞。

因為我買的股票，多屬於權值大的績優股，當大勢好的時候它會漲，大勢壞的時候它抗跌，不虞盤面轉壞時無法出脫。而且還可以參加除權，分些股子、股孫，享受股息及增值之利。惟有如此，才是穩健的投資方法，也是「股市投資一百招」之外，我所發現的一百零一招——雞生蛋，蛋生雞招術。

股票投資即使令人患得患失，苦樂參半，卻可藉此悟透人生哲理。人生如同股價一般，是一幅「漲漲跌跌的畫面」。當上漲的時候，不但不要驕傲，反而格外要謹慎小心，因為有隨時跌下去的可能。當下跌的時候，也不要過度悲哀，只要不氣餒，肯奮鬥，終有出人頭地的一天。

＊　＊　＊

有一個鄉下人把女兒嫁給城裡一位教授的兒子，有一天兩位親家見了面，教授問：「聽說親家有好幾個女兒，但不知和小犬結婚的是第幾位千金？」

鄉下人一聽，心裡想，人家是有學問的人，兒子不說兒子，卻說成「小犬」。於是眨巴眨巴眼回答說：「和你兒子結婚的是我們家第三隻小母狗。」

畫壇新秀
——余勝芳

余勝芳才三十歲出頭，卻已有十餘年的畫齡，他非藝校科班出身，也未拜師學藝，只憑著一股敢去畫，敢去做，否則永遠也沒有機會的執著，在繪畫的世界中摸索出了一條獨特的路。

余勝芳生性較不多言，許多人知道他愛畫畫，倒是鮮少人知道他除了拿畫筆，還拿劍。他是全國劍道四段劍士，一九八八年漢城劍道世界盃個人組第五，一九九二年加拿大劍道世界盃個人組第五。他善畫荷花，和習劍一樣都是下過苦工夫的。以前桃園縣內還沒有荷花池，他常在天朦朦亮就揹著畫架，從桃園搭火車去臺北市植物園臨池寫生，在他的眼裡，「無荷不成畫」，縱使殘枝敗葉，也別有餘韻，因此一年四季都執筆不輟。在他的畫作裡，單枝的荷清新脫俗，並蒂的荷相偎相依，滿池的荷爭奇鬥艷，春荷吐芽，夏荷盈盈，秋荷枯槁，冬荷殘梗，無不各有其美，令人站在畫前，依稀感受著一股清香伴著墨香沁人心脾。

人物畫方面，他特別喜畫達摩和鍾魁，銅鈴般的巨眼，飄逸的長髯，彷彿禪宗的祖師爺、不第進士的鬼王已重臨人間，任他邪魔妖怪也得退避三舍！

陶瓷藝術，因為窯燒製過程失敗率高，非畫家所能掌握，素為許多畫家所不喜，余勝芳卻精神抖擻的躲在窯廠內，工筆細琢下工夫，認真的態度，連許多老師父都為之歎服。他的陶瓷作品，格調高逸，用色典麗，也十分耐看。

除了以陶瓷花瓶水缽碗盤為材，余勝芳也畫陶板作品，畫成，燒煉，鑲裱，一件件永不褪色，永不龜裂，永遠不虞蟲蛀或是潮霉的作品便呈現在大家的眼前，這種素材，也讓他為之著迷。

年輕又認真，敢創新且不泥古，是余勝芳的優勢，畫壇「六年級生」之中，他已曾舉行個展及參加聯展多次，他的畫在日本的東京、琦玉和臺北市都曾展過並贏得頗多好評。若假以時日，年輕的他將是值得各界賦予更多期待的新星。

記得，桃園縣文藝作家協會舉辦畫展，他除了提供幾幅巨型荷花參展外，並將多件陶藝作品一併送展。展畢發現一些小型精典作品已不翼而飛，不但不生氣，反而說：「那是有緣人，是知音。」

＊　＊　＊

有一次，他在荷花池畔寫生，突聽不遠處「撲通」一聲有人落水，抬頭一看，原來站在假山上照像的那個人，一不小心滑進池塘裡。他急忙趨前，對著溺水的人大喊：「把手給我！」

大家都來騎單車

我愛吹口哨，
騎著單車快跑，
楊柳飄，小鳥叫，
多麼輕快美妙……。

每天一大早，天剛矇矇亮，我就騎著單車，吹著口哨，穿梭在大街小巷。因為我是「鄰長」，全鄰幾十戶人家，又住在偏遠地區，若要一處處地巡查，全靠這部老爺單車了。

多年來不論寒暑，我就這樣風雨無阻地騎著愛車，到處走動，看看那裡路燈不亮？水溝不通？即使排解糾紛，急難救助，甚至那家娶不到媳婦，生不出孩子，村民都來找我。

如今空氣污染，弄得地球暖化，連莊稼都種不起來。再加上臭氧層破了個大洞，兩極冰山逐漸融化，將來許多島嶼都會淹沒，如果真是那樣，大家也只好擠在玉山頂上喝西北風！

記得愛因斯坦說過：「騎單車的人以為輪子在動，把自己載著往前走。其實，真正動的是兩條腿。」對了！對了！就因為兩條腿經常在動，使我練就一身好體魄，像我七十幾歲的老人仍有五十多歲的體力，不但頭髮沒有白一根，牙齒沒有掉一顆，穿針引線也不用戴眼鏡，您說稀奇不稀奇！

漸漸地，村民都能嚮應環保，使得單車正夯，天天大家都騎著單車趴趴走。我家就有五部，太太騎著去跳元極舞，兒子騎著上班，媳婦騎著買菜，孫子騎著上學，由我領軍浩浩蕩蕩騎著單車去郊遊，路人見了都說：「看呀！單車家族來了！」

去年鄉公所利用村子裡一些廢棄的埤塘，闢建一處「埤塘生態公園」，沿著公園四周舖設一條自行車專用道。一進大門只見騎著單車的人們，一輛接一輛繞著園區奔馳，徜徉在風光明媚、鳥語花香的圖畫裡，來去一陣風，那種逍遙！那種灑脫！彷如人間天上。

為了節能減炭，為了挽救人類將面臨一場躲不過的生存浩劫。我，一個微不足道的老鄰長，願盡一份棉薄之力，生方設法影響村子裡的人，希望大家都來騎單車。因為方圓幾十里以內無人不知，無人不曉：

我重視環保，
騎著單車快跑，
大聲喊，小聲叫，
節能減炭多美妙……。

目前是以單車、汽、機車代步。以前的人都是騎馬、坐轎子，能有一匹千里馬那是夢寐以求的事。

＊　＊　＊

相傳：王員外買了一匹好馬，三個女婿齊來祝賀，王員外酒席款待，並以「馬」為題吟詩助興，作不出來的人要罰酒三大碗。大、二女婿飽讀詩書，難不了他們，於是，由大女婿先開頭：

水上放金針，
岳父騎馬到觀音，
去去又回來，
金針尚未沉。
眾人拍手，只聽二女婿開口了：
火上放鵝毛，
岳父騎馬到餘姚，
去去又回來，
鵝毛尚未焦。

眾人又是拍手，隨即不約而同地望向三女婿，只見這位鄉下老粗憋得臉紅脖子粗，半天作不出詩來，眾人齊吼：「喝酒、喝酒……。」就在這個當口，突聽丈母娘放了一串響屁，於是來了靈感，開口說：

丈母娘放個屁，
老丈人騎馬到諸暨，
去去又回來，
屁股眼還沒閉。

眾人聽了，一陣歡呼，鼓掌叫好。

李表哥

「李表哥」是你、是我、也是他。

美國一位知名的政治漫畫家勞瑞（Ranan R. Lurie）先生筆下的李表哥，沒穿筆挺的西裝，沒著光可鑑人的皮鞋，沒戴名貴的手錶，但卻讓人一眼看出，那是一個具有內涵的「中國人形象」，是千千萬萬中國人的化身，是中國人意志堅定、勤奮誠懇的表徵，象徵著一個生長在自由樂土，為自由社會奮鬥的中國人。因此，李表哥一夕之間便成為家喻戶曉的人物，深受國人喜愛與歡迎。

你看！李表哥濃眉、鳳眼、黑髮、蒜鼻、厚唇、招風耳、高挑身材，這不就是典型的中國人嘛！豈不應了咱們祖先的話：「耳大聽八面，眼大看四方，鼻大聞香味，嘴大吃豬羊，手大拿錢準，腳大走路穩。」再看那精神抖擻、純樸健壯的體格，這才是具有朝氣、年青與衝勁的現代中國人，揚棄八字鬍、長辮子、瓜皮帽、長指甲等舊中國的刻板印象。

英文Cousin一字，泛指平輩遠房親戚而言，如表兄弟、表姐妹、姨兄弟、姨姐妹、堂兄弟、堂姐妹等，我國江西老鄉，見了陌生人喜歡稱「老表」，以示親切。因此，我們有句「一表三千里」的俗語，也就是「四海之內，皆兄弟也」之意，可見中國人的人情味是多麼地純厚。

「李」字一姓是中國的大姓，在百家姓上排行第四，如「趙錢孫李」。同樣地，美國也有很多人姓Lee，如喬治・李（George Lee），就是盡人皆知美國南北戰爭的名將——李將軍。

勞瑞先生能用「李表哥」代表中國人的形象，就如同山姆叔叔、約翰牛、自由女神……，這些人們熟見的漫畫，各自代表著美、英、法等國人民。如兩年前日本擁有「太郎先生」的經過一樣，中華民國也有一個象徵人物，他是李表哥，但李表哥比他們英俊瀟灑多了，這是我們中國人的光榮。

李表哥一身功夫裝，貼身又精神，袖口、腰帶、領口與對襟，都可以看出中國服裝的特色，而不失簡潔、明快的現代意味。他所擺出一付虎步架勢，踩穩腳步，從容待發，是一種堅毅有力、面對挑戰的動作，可以變換出各種不同的積極反應。當外國人看到這身打扮時，就不會誤認這是日本人或韓國人。又因外國無「功夫」相對名詞，祇有直譯為「中國功夫」（Chinese Kungfu）。他們也知道，凡會中國功夫的人，祇是用來強身而已，絕不用來打架鬧事，如果有，也祇是用來行俠仗義，笑傲江湖，這就是中國的「仁道」，誠如　國父孫中山先生在民族主義中所講「濟弱扶傾」的道理相通。因此，有些人在國外設館授徒，名揚異邦，也有不少外國人研習中國功夫的。

最出色的是李表哥胸前繡有一幅青天白日滿地紅的國旗，這幅國旗由　國父孫中山先生所訂定，是中華民國的標誌，是全世界所有中國人的精神象徵與信心所繫。

一些對中國陌生，或對中國有成見的外國人，仍存在著滿清時代鄙視中國人的眼光：不外是一個吸食鴉片、面黃肌瘦、隨地吐痰的民族，換句話說，就是「東亞病夫」、「一盤散沙」。早年一些前往美國舊金山的中國人，都是靠勞力謀生，在美國人廢棄的煤坑，挖掘一些煤屑過活，卻受他們的欺負，讓他們瞧不起。

然而，現在居留在美國的華人如何呢？前有諾貝爾物理獎得主李政道、楊振寧；現有華裔太空科學家王贛駿、張福林，這是中國人的成就，中國人的驕傲。

積極、樂觀、活潑、堅定是現代中國人的特質，李表哥能顯露出這種特質，足以代表中華民國的新形象。今後，我們要善加利用這一新形象，透過各種傳播管道進軍國際；如以李表哥作為郵票或耶誕卡圖案等方式，使他成為一個世界性的知名人物。進而使我們的國家，我們的人民，更為世人所認知，增進國際間對中華民國奮發向上的瞭解。

李表哥象徵中華民國人民年輕活力的精神，不但為所有中國人接受，更是屬於全體中國人的精神形象，這幅形象足以代表過去幾十年來，在臺、澎、金、馬復興基地艱苦奮鬥的中國人。

我們個人需要李表哥那種大無畏的氣魄：抬頭挺胸，昂首闊步，無視險阻艱辛，不向環境低頭，一直勇往邁進。何患沒有出人頭地、讓人刮目相看的一天。

我們國家需要李表哥那種蓬勃奮發的精神，縱然面臨國際逆流，始終屹立不搖，絕不懷憂喪志，進而為世界經濟創下開發中國家的奇蹟。

總之，李表哥構圖的問世，是藉外國友人的巧思，可使中華民國的形象向全世界廣為傳播。在當前國際不利於我的逆流情勢中，使世界人士不會忘記我們，也能體認我們的決心、信心、朝氣與活力，不敢加以輕視。另一方面，更可以鼓勵我們更加努力奮發，積極向上，使此一形象綻放異彩。

＊　＊　＊

以上只不過是我的期許與肯求而已，其實，咱們中國人一向注重個人形象，不論再窮也要有一套西裝，一雙皮鞋。再嘛！就是愛照像，洗出來之後便拿給別人看，炫耀一番：

相傳「王十二郎」將自己的照片放大後，掛在客廳裡，又怕引不起別人注意，於是寫了一首詩，掛在照片旁，詩曰：

相貌堂堂

掛在中堂

有人問起
王十二郎
過了一段時日王十二郎生了一場大病，瘦的不成人樣子，與照片上的人甚不相稱，覺得不妥，於是在詩句下加上兩個字：
相貌堂堂無比
掛在中堂屋裡
有人問起是誰
王十二郎令弟
誰知一年之後他的病好了，又復胖起來，與已往自己的相貌相當，只好又加上三個字：
相貌堂堂無比之尊容
掛在中堂屋裡之當中
有人問起是誰之容貌
王十二郎令弟之令兄

人生旅途

人生旅途有歡笑，有淚水。靠運氣不如靠智慧，靠口才不如靠行動，怨嘆命運不如改變命運。

基於此，我願將一生嚴酷的試鍊、艱苦的磨難，淬鍊出的心得與感受提出，與君共勉：

一、人生苦短休斤斤（Time is too short to little）：大凡學習英文的人都讀過，甚至會背誦這樣一篇文章。因為人生不過數十寒暑，放眼望去，美好時光正等待我們善加利用，大好前程正等待我們開創。要想做一個有責任感、使命感，沒有挫折感的人，先要做好「時間管理」那有閒工夫去斤斤計較日常生活當中雞毛蒜皮的小事。

進一步說，能富國利民齊家安邦就是大事，什麼吃喝拉撒閒言閒語應屬小事。若能有如此胸懷，如此膽識，則是百中選一，人中豪傑。此種眼光遠大之人凡事必能從大處著眼，公而忘私，國而忘家。吾輩青年若能有此共識，則中華民族必能奠定萬代不朽之基業。

二、要想人前顯貴，先要人後受罪：常聽演藝人員說：「臺下十年功，臺上十分鐘」。

表面上看到他們風風光光，舉手投足獲得觀眾如雷的掌聲，私底下誰又知道他們付出了多少心血？嚐盡了多少心酸？掉了多少眼淚？

開創事業何嘗不是如此，自助才能人助，世間人情冷暖點滴在心頭，那些為自己找藉口的人永遠都不會成功。只有憑著一技之長，腳踏實地，從基層做起，吃別人吃不了的苦，受別人受不了的氣，總有出人頭地的一天。

三、要有活著的感覺：人之所以稱之為人就是能夠會動，要知道，閒不下來的人也是一種福氣。有人把躺著的人說成廢物，坐著的人是礦物，站著的人是植物，只有走著的人才是動物。看那些流浪漢整天躲在街角裡睡大覺，他們不是廢物是什麼？

什麼是活著的感覺？那就是頭腦常動，肢體常動，一個充滿朝氣充滿活力的人。頭腦動可以使我們的腦細胞更活躍，愛迪生一生的腦細胞沒有用掉百分之五十，一般人充其量也只用掉了百分之二十至三十而已。換句話說，腦細胞越用越活躍，取之不盡用之不竭。有人說：「我歲數大了，腦筋不行了，時常忘這忘那！」其實，他只是精神渙散，意志力不集中的緣故。切莫小看自己，因為人有無限潛能。

再談肢體常動問題，肢體常動就會做事勤快，俗話說：「說一尺不如做一寸」，空口說白話的人只是畫餅充飢，永遠沒有實現的一天。因此，我們要說：「跟我來！」不要只說：「你去做！」如此身體力行，總有撥雲見日苦盡甘來的一天。

四、讓我有勇氣做我自己：我是我，天地間只有一個我，成也是我，敗也是我，轟轟烈烈幹一番是我，庸庸碌碌過一生也是我。因此，遇事靜下心來，冷靜思考，切莫受人蠱惑、被人利用、受人煽動。要知道，人生最值得投資的就是自己。只要不自私、不貪心、不虛榮，做事力爭上游，必能令人刮目相看。

世界知名畫家畢卡索的人畫，左眼高，右眼低，半面臉紅，半面臉藍，在蘇世比拍賣會往往要出數億元的高價才能標到。為什麼?就因為他的畫風獨特，與眾不同。所以說，要做自己喜歡的工作，就要工作與興趣結合，事業與理想一致，說話要經過大腦，行為要自我負責，活出自我的風格。

常聽人家說：「怯獸結伴而行，猛虎獨步荒郊」。只有擺脫一切世俗的約束與羈絆，不要讓人牽著鼻子走，才能出類拔萃。

五、經營事業同時要經營家庭：二次世界大戰希特勒塗炭生靈，殺人如麻，這是歸咎於他沒有一個完美的家庭，沒受過良好教養，沒有一個賢慧的妻子，缺乏一段真實的愛情。導致心理不平衡，產生怨恨，一心一意想要報復，想要殺戮。

大學中的「修身、齊家、治國、平天下」，是有一定順序，一定道理的。如果身不修怎能齊家，更不用說治國平天下了。

男人是一家之主，打個比方說就是家中的導演，妻子和兒女都是演員，每天家中要演喜

劇、演悲劇全看導演的心情了。若能家庭和樂，父慈子孝、夫妻恩愛、子女孝順，那麼出門工作總是歡歡喜喜，充滿了幸福與自信。對長官、同仁、部屬也會和睦相處，對工作也不會覺得厭煩與辛勞，自然會事業順遂，諸事亨通。

六、失敗是追求另一個成功的開始：沒有失敗便沒有成功，愛因斯坦認為他的理論基礎是歸咎於科學家們無數次的試驗失敗，才能尋求新的突破。如此說來，我們應該把別人的經驗看成自己的經驗，不再重蹈覆轍。

世間一些人受到挫敗就心灰意冷，以為世界末日來臨，在親友間抬不起頭來，乾脆不如一死了之，以自殺結束生命。他那裡知道，人生最大的成就就是從失敗中站起來。

我們開創事業難免受到外在大環境影響，如政治因素、經濟因素、技術因素、人為因素等。再加上天災、人禍，難免會有風險。若能痛定思痛，改變策略重新出發，焉知不會一帆風順。

七、幸福不是偶然的：有些人繼承祖先龐大家產，以為那是「天上掉下來的禮物」，便揮霍無度，結交一些狐群狗黨吃喝嫖賭樣樣來，一些居家用品都是用黃金打造，如金鋑椅、金馬桶等，極盡奢華之能事，家庭怎能不敗落。

我們不能看到別人成功，看到別人風光眼紅，其實，許多成功的人背後都有一個不為人知的慘澹故事。小時候不是放牛，就是當學徒，或者打零工，吃盡千辛萬苦，受盡人情冷暖。經過長期奮發努力，自立自強，才能飛上枝頭當鳳凰。

因此，我們要知福惜福，知恩感恩，當我們享有先人胼手胝足留下的成果時，我們應以戒慎恐懼的心境來承擔，以競競業業的態度去經營。

八、有夢想沒有時間變老：美國黑人領袖金恩博士說：「我有一個夢！」他的夢就是爭取黑人人權。一生號召黑人自立自強，決不妥協，由於這種心地坦蕩，無私無我的精神，終能得以長壽。

夢，就是希望，由於年齡層次的不同，每個人的希望也就不一樣。我們在學校讀書的時候，老師總會出一個作文題目「我的志願」。有的人希望長大後能成為一位科學家。有人希望成為醫學家、哲學家、教育家、慈善家等，這就是我們的人生方向。有了方向，排除荊棘，勇往直前，人生才沒白活。

人生有夢，築夢踏實，那麼這個夢不是空洞的、幻想的白日夢。哲學家伯拉圖的四個願望：「蓋一棟房子、生一個兒子、種一棵樹、寫一本書。」你看，他的夢想不是上天摘星星，下海撈月亮，只要用心打拼，是可以逐步達成的。

如此說來，有了夢想便保有一顆純真的童心，精神有了寄託，何來憂愁？怎麼會老？

九、人要活得精采：徐志摩的新詩〈再見康橋〉：「我靜靜地來，又悄悄地走，揮揮手，不帶走一片彩雲。」僅只短短幾句，讀起來多麼瀟灑！事實上，我們每個人不都是如此，默默地來到人世間，然後又默默地老去、死去，化作一堆塵土。

既然生命無常，人生只有一次，那我們就應該認真思考：人，究竟為什麼而活著？活著的目的在那裡？活著的意義是什麼？總不是生兒育女穿衣吃飯！

一些熱戀中的情人，他們的心態是「不在乎天長地久，只在乎曾經擁有。」這種人一旦為情所困，便會為愛自殺，處世的態度是多麼淺薄！多麼幼稚！須知愛情不是人生惟一目標。

我們活著雖不一定要像黃花崗七十二烈士拋頭顱、灑熱血，但起碼要選擇一些有意義有價值的事情來做，選擇一些有正義感有愛國心的目標奮鬥。能夠別是非、明利害、識時務、知彼己。就像海上的燈塔一樣，在漫漫長夜、風裡、雨裡，仍然發出一線光芒，指引茫茫大海航行的船隻。

十、花開花落我一樣會珍惜：花開是美、花落也是美。若能於涼爽的秋天看到「黃葉舞秋風」，簡直迷人極了！陶醉極了！《紅樓夢》裡黛玉葬花詞：「今日葬花人笑癡，他日葬奴知是誰？」也是一種淒涼之美。

「有人上京求功名，有人罷官歸故里。」功名利祿一向為人們所追求，一旦年老體衰，總會有告老還鄉的一天，到那時候你會發現原來夕陽多麼美！

因此，成功時要珍惜，失敗了尤其要珍惜，珍惜什麼？珍惜經驗和教訓，以免重蹈覆轍。因為「危機就是轉機」，我們可藉著失敗的教訓轉移方向，重新出發。若能逆風而行，永不服輸，縱使鹹魚也翻身。

總之，人生旅途是寂寞的，是殘酷的；也是多彩的、美妙的，看你如何應對？西洋人說：「假如你想討好每一個人，你不會討好任何人。」（If you please everybody, you please nobody.）只有大踏步走出去，不斷摸索尋找自己的方向，積極進取，不要讓生命鬆懈下來，必然活得充實、快樂。因為當你的心是正面的，陽光就會照耀在你身上。我們珍惜活著的每一刻，活出自己的一片天。

我們要用「愛心」來傳播愛，要和別人去比誰愛誰？不是比誰怕誰？吃虧就是佔便宜，用捨我其誰的心態一馬當先。心存希望幸福就在眼前，就算失去一切也不能失去希望。

要廣結善緣，與天地萬物和解，與人相處之道在於無限包容。須知，人與獸之間以道德為界，道德淪喪社會必敗。快樂不是得到的多，而是計較的少。

進步就是要鼓起勇氣改變，改變別人不如改變自己。遇到挫折堅持到底，因為天無絕人之路，終會撥雲見日，峰迴路轉。命運掌握在自己手中，不要依賴別人，自己的前途一定要自己創造，才能在人生旅途瀟灑走一回。

＊　＊　＊

咱們中國人一向最愛面子，常說：「天大地大沒有面子大！」不由使我想起一則故事：從前有兩位親家的家境都不好，有一天甲親家到乙親家家中作客，帶了兩枚雞蛋作伴手禮，覺得太寒酸，嘴裡只好說是「兩隻小雞——嫩了點。」

過了幾天，乙親家又到甲親家家中回拜，手裡提了包豆稭，嘴裡卻說成「兩斤豆芽——老了點。」

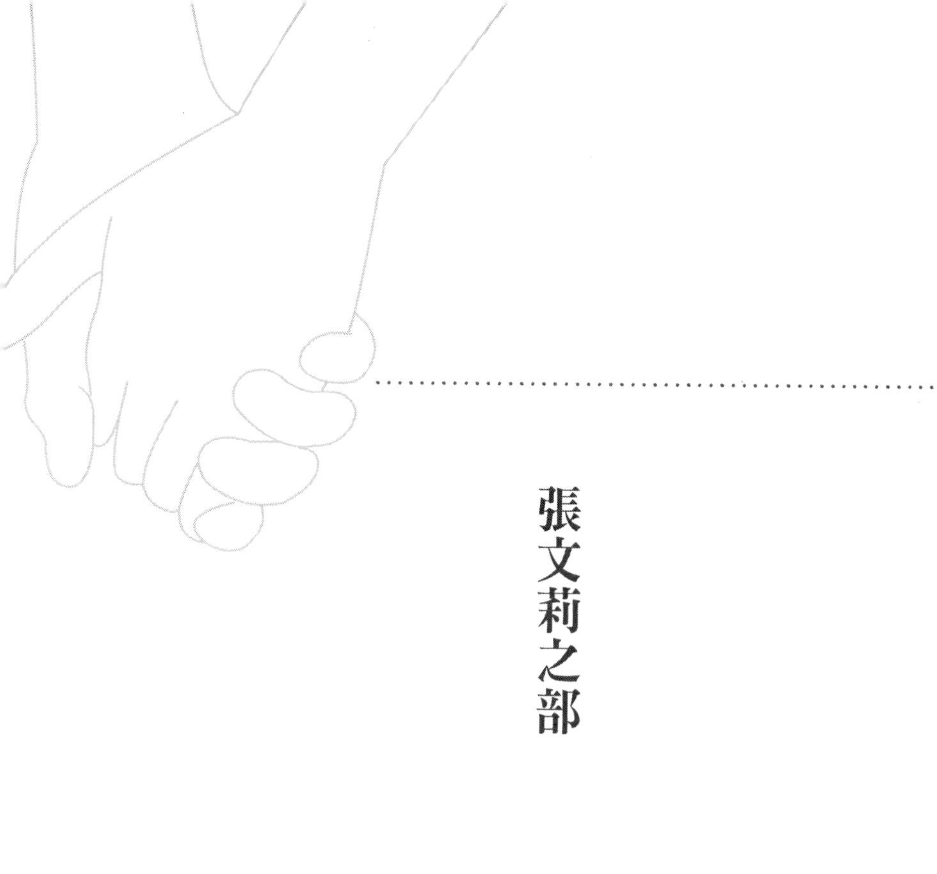

張文莉之部

感恩與祝福

我和我先生於民國五十三年結婚，那時生活艱苦，勉強糊口，那敢有度蜜月的妄想。雖然表面上若無其事，但內心總不免有種遺憾。

想不到結婚四十三年，已是子孫滿堂，適逢鐵路局一百二十週年慶，竟然舉辦「鐵路牽手情，二度蜜月之旅」。太好了！我們立刻撰寫一則因臺鐵結緣相知相惜的小故事，幸運錄取，通知行程。

我們一共九十對「新人」，上有八十歲的老夫妻，下有三十六歲的年輕佳偶，於六月二十六日浩浩蕩蕩搭乘臺鐵蜜月專車從臺北直達花蓮，回味這恩愛甜蜜的旅程。

只見那長長一列火車，每輛車廂都佈置得花團錦簇，非常溫馨。不但座位寬敞舒適，而且座位上放著一束鮮紅玫瑰花及賀卡。車上還設有卡拉ＯＫ，讓這群「新人」舒展身心，儘情歡樂。

麥克風傳來陣陣祝福，一聲聲「最佳男主角最加女主角」，只聽得人人心花怒放。一會分

送糖果，一會分送香茗，小提琴諸車演奏名曲，以及健康諮詢服務等，多麼周到！多麼貼心！

咱們這群「主角」上車時先要穿過層層劍陣，巍巍峨峨，莊嚴壯觀，下車亦然。而且受到花蓮地方父老相迎，各大媒體記者追逐，如此榮寵，怎不令人喜出望外。

「洞房」選在花蓮知名飯店，一棟棟西班牙式古典建築，彷佛置身異域。晚宴豪華豐盛不在話下，餐後安排迎賓晚會，嘴裡一口雞尾酒，一口冰棒，眼睛同時欣賞鐵路局業餘樂團帶來的輕歌曼舞。還有咱們最佳男女主角的生活照，也被一一投射在銀幕上，有趣極了！

晚上，我們乘遊艇，夜遊「應許河」，許下「年年有今日，歲歲有今朝」的心願。在閃爍的霓虹燈下，相偎相依，欣賞兩岸迷濛風光，情調浪漫。

看那白髮皚皚相依相偎徜徉在太魯閣家公園，欣賞大自然的鉅作，令人羨慕。看那十指緊扣卿卿我我欣賞壯闊溪谷歷經千萬年的風吹雨蝕，景色壯麗之美，令人欣喜。

最後抵達兆豐農場，我們駕著越野車，在廣闊的自然天地裡貼近萬物，重溫相戀時的悸動。

這是真的嗎？還是個神話？

登上回程的蜜月專車，首先映入眼廉的是「馳聘寶島二甲子，臺鐵真誠陪伴您」全體大合照，以及「緣繫臺鐵，洄瀾續情」紀念卡，心裡充滿著幸福的滋味。看到車外景緻多美麗！回憶新婚多美好！誠如知名旅遊公司總經理的賀詞：

燦爛歲月　星月相伴
執子之手　溫馨同遊
永恆愛情　與子偕老

我們這群最佳男女主角真誠地感謝臺鐵企劃團隊精心策劃與辛勞，感謝旅遊公司細心安排與照料。並祝福臺鐵未來一百二十年乃至一千兩百年運行流暢，前程光明；祝福旅遊公司如繁星璀燦，與日月爭輝。

＊　＊　＊

阮教授懂得財經管理，到處都以高檔的鐘點費請他講演「發財學」，久而久之，幫他開車的那位老王也能倒背如流。而背地裡卻常常批評：「老狗變不出新花樣。」

有一天，阮教授患重感冒，他自動代理講演，果然一字不差，倒背如流，連幻燈片都配合得天衣無縫。

當聽眾提出問題時，他則啞口無言，茫茫然不知所措，心裡想「老狗還是有新花樣。」

大豐五金行

一轉眼，我已當了「大豐五金行」四十多年的店長。

這個店名是我先生取的，原是希望大大豐收多多賺錢之意。這些年來走過多少風雨，遇上多少坎坷，都被我一一化解。大錢雖沒賺到，但卻藉此體驗幾許人事滄桑，世態炎涼。

以我一個女流之輩為什麼會開這個店？說穿了，生活所逼嘛！因為我先生是位軍人，待遇微薄，每月關餉的第一件事就是為兩個孩子買奶粉。剩下的錢扣除水電費，所剩無幾。即使日以繼夜做家庭代工，因受到層層剝削，也是收入不多，生活甚為清苦。而附近又沒有工廠可進，心裡想：若能做點小買賣，賺點小錢貼補家用也不錯。就這樣，一做做了將近半世紀。

當初本錢不多，貨品也少，也許得了天時、地利、人和之故吧！只要貨一上架，街坊鄰居便紛紛前來購買。漸漸地，經營信心大增，貨品自自然然多了起來。

咱這個店專門賣家庭五金，以廚房用品為主，如鍋、碗、瓢、杓之類。此外，雨衣、雨鞋、油漆、玻璃製品、塑膠製品、鋁製品、陶製品、不銹鋼製品等，攏攏統統不下數百種，數也數不完，算也算不清。好在自己當家作主，不用盤點，否則，那真是個大麻煩。

說也奇怪，我小時候讀書成績並不好，長大了，為人妻，為人母，仍是走路不認路，沒有方向感，看書就想打瞌睡。想不到，如今作起生意精神就抖擻起來，而且有板有眼，頭頭是道，從來不曾厭煩，不覺得累。尤其對貨物價格格外敏感，只要能瞄上一眼價目單，就會牢牢記住。

由於我有過目不忘的異秉，大凡批發商有個風吹草動，甭想瞞住我，說穿了，我不會讓任意哄抬物價者得逞。故而每當進貨我便嚴格把關，逐項審核，稍有波動，那怕是五毛、一元，二話不說，予以退貨。如此一來，退不了三次，批發商自會繳械投降。並非我有通天的本事，因為同樣的貨品，至少你得保有三家以上批發商，只要你不依賴他，他就成不了氣候。

正派經營的商家是「講本求利」，你若把本錢提高了，利從何處來？說得明白一點，如果批發的價錢貴了，銷售的價錢那能便宜得了？大凡買主都有貨比三家的習慣，既然價格不便宜誰還會買，那麼，不久注定關門大吉。

對於一些堅持減價的顧客，我都毫不客氣地說：「你要嫌貴的話，就到別處去買！」有些人頭一甩就走了。不過，過不多久又轉了回來。由此可知，我對於價格的掌控經得起考驗。

至於那些誠心賒賬的，一概不予應允。不是我的心腸硬，因為賒賬時他是孫子，要賬時你卻成為孫子了。偶爾碰到順手牽羊的人，只要把東西追回來也就算了，實在不忍心報警或

重罰。

不過，對於無理取鬧專門找碴的人，我會扳起面孔嚴加喝斥，或者假裝撥電話報警嚇走他。俗話說：「強龍不壓地頭蛇」，看來不假。

當年永福街繁華熱鬧，店鋪林立，賣魚、肉、蔬果攤位也不少。由於後來大湳市場的設立，人潮漸漸流失，大豐五金行則係碩果僅存的一家。您也許會懷疑我是在慘淡經營吧！實則，沒有生意自然會收攤，那有強撐的道理。

咱的生意之所以好，前面已經說過了，就是「薄利多銷」嘛！既然利薄了，不愁沒有客人上門。基於此，我經常檢討價格，只要發現價格略高時，立刻減價。平日裡，居家過日子，難免會聽到街坊鄰居說：某某東西又漲價了，從來沒聽過減價的事。價格除了便宜外，貨品一定要齊全。須知，顧客難得上門，往往大老遠跑來，如果問這個沒有，問那個缺貨，可想而知，下次誰還會空跑。

為了保持貨品齊全，我養成一種登錄的習慣。對於所缺的物品隨時記下來，才會滴水不漏，一應俱全。

再者，東西要好，我店裡雖沒有舶來品、高檔貨，但也絕不是什麼劣質品。即使賣的都是一些日常生活必需品，但也有單料、雙料之分。有人會為我擔心，一件雙料物品通常會用上好幾年，那裡還有生意上門？事實上，並非如此，即使不破不爛，汰舊換新者大有人在。

尤其咱們中國人最注重過年了，每逢農曆新年，滿屋子的人擠得水洩不通，耳朵被吵得嗡嗡響，充滿了「這個東西多少錢？那個東西怎麼賣？」

當初，孩子年紀小，逢年過節店裡的生意我已忙得不可開交，無暇照顧他們。別的人家都已圍過爐吃過年夜飯了，他們仍是髒兮兮地滿街跑。我先生既要殺雞、宰鴨、做年菜，又要被我呼來喚去照顧店裡的生意，一根蠟燭兩頭燒。每年到了吃年夜飯他都累倒了，火氣大，喉嚨裡長出一個疙瘩來，低沉沙啞著說：「我不吃年夜飯了！」倒頭便睡。只是猛灌麥宗、甘草、彭大海泡的去火茶，年年如此，想來心痛。

直到一對小兒女長大了些，能夠幫上忙了，才獲得改善。

做生意就是一種金錢交易，如果對方誠心要訛你，你幾乎招架不住。明明他沒給你錢，他偏說給過啦！明明你找過他錢，他兩手一攤說還沒找！或者說找的還不夠。他甚至於瞪著一雙大牛眼，聲勢凌人，硬說你開的是「黑店」。怎麼辦？因無第三者在場，死無對証。為了息事寧人，只有破財消災，自認倒楣，免得全街的人圍攏看笑話。

牆上明明貼著「貨物出門，概不退換」，然而，有些顧客卻堅持要退要換，你一點輒都沒有。例如：碗、盤、酒杯之類，當祭祀完了，他說沒用過，拿來退。他的機械修理好了，買去的鉗子、起子、扳手等工具，他說沒用過，拿來退。切菜板裂了縫，拿來退。抹布掉了毛，拿來退。甚至在別家商店買的東西，也硬說是你家店的，拿來退。除非你有本事和他幹

上一架，否則，只有自己「消化」，因為有些貨物廠商是不接受退貨的。有時，實在憋不住氣，我會說：「你買去不用，是拿去看漂亮的！」

做生意的竅門並非全然靠著「貨真假實，童叟無欺」八個字，而是要物品「大眾化」，大眾化就是大家都喜歡，才能普及。高檔貨縱然有買主，也是寥若星辰。更不能以自己的喜惡去衡量顧客，只有走群眾路線才是贏家。

「貨暢其流」古有明訓，貨物若不能流通，那就叫「滯銷」，凡是滯銷的物品別無選擇，只有下架一途。否則，資金壓在那裡很不划算。有時有些外務員寄售一些產品都被我拒絕。雖然只是借我的貨架放一放，賣出之後再算賬，我也不依，為什麼？冷門貨嘛！

前些年，本街有心人士見大豐五金行的生意火紅，也想分一杯羹，就有模有樣做起五金生意來，想不到乏人問津，過沒多久只得倒閉。結束營業時，託人向我接洽，想照批發價打六折盤給我，三個月後再收款，我始終無動於衷。對於這樣優渥的條件，不明就裡的人以為我故意拿喬。其實，他們店裡的東西都不是日常用品，如：粗水管、大水缸、照明燈、電鑽、馬達之類，這些都是工業用品，一般家庭沾不上邊。

物價上揚時，看起來對商家有利，堆的滿滿一屋子貨，不是更值錢嗎？但誰又能了解，批發商往往漲了兩三次之多，本店還是聞風不動，硬著頭皮撐下去，甘願損失差價。你若跟著起哄，嚇走了顧客，不是得不償失嘛！

近年來，兩岸關係緩和，咱家小店也吹起了一陣「大陸風」，凡是大陸團所到之處，就像秋風掃落葉一般，一掃而空。只要是好東西，稀罕物件，他們會成打、成包、成箱、成捆地買。而且口耳相傳，使得小店人潮滾滾。甚至有些大陸商人還會三番兩次打長途電話向我訂貨呢！一夕之間我竟升格為批發商了，真過癮！

想不到女兒丹青也許受了我遺傳因子的影響，如今竟當上了「全聯社」兩家連鎖店的店長，而且游刃有餘，業績蒸蒸日上。

近年來，大型賣場群雄並起，廣大民眾心嚮往之，顯然地，小型商店只有在夾縫中求生存。既然已熬過金融海嘯、能源危機、氣候變遷，就應該開拓視野，重創新局。說得妥切一些，那就是要開發新產品才能因應現況，滿足未來大眾需求。要採取多角經營才能維持業績不墜，使大豐五金行日益光大，倚立不搖。

現代女性上山下海不稀奇，凡是男人能做的事，她都插上一腳，不但去當兵、當警察，還有開火車、開飛機的呢！我想為了自我挑戰，「製造回憶」，咱們女人應該走出廚房，勇敢嘗試，有所作為。

至於是否有人叫妳「女強人」？稱妳「鐵娘子」？並不重要。不是我有通天的本領，只是凡事都要加強「一點」：

說話輕一點

肚量大一點
心情好一點
行動快一點
嘴巴甜一點
微笑多一點
脾氣小一點
理由少一點
效率高一點
腦筋活一點

＊　＊　＊

馬員外喜歡吃餃子，而且專吃餃子餡，不吃餃子皮。在他家的長工老趙看在眼裡，認為那是一種浪費，太可惜了，於是晒乾，裝在麻袋裡，收回家去，以備荒年，日久天長也收集了不少。

不料有一天，一把天火把馬員外家燒得片瓦不存，全家人無一倖免，只有馬員外逃了出來，四處流浪，以乞討為生。

不久，要飯要到老趙家，老趙自是深表同情，於是趕緊下廚做飯。先弄些蔥花、油、鹽爆香了，加些水，燒開後，隨手從麻袋裡抓幾把乾餃子皮往鍋裡一放，不到片刻香氣四溢。

馬員外一連吃了三大碗，邊吃邊說：「好吃！太好吃了！你真會做！」

老趙說：「這就是您每次吃剩的餃子皮，我把它曬乾帶回來的。」

馬員外一聽，羞愧不已，恨不得有個地縫鑽進去。

韓國泡菜

韓國泡菜舉世聞名！

由此使我想起，咱們泱泱大國在飲食方面聞名的是什麼？大家都知道那就是「滿漢全席」，可是知道歸知道，誰也沒有吃過。記得有一次去××酒店參加友人婚禮，只聽隔壁鼓樂齊鳴，廊下宮女穿梭，我問我先生：「他們在做什麼？」我先生說：「那是香港一位富商到這家酒店享用滿漢全席。」怪不得排場那麼大！

據說：滿漢全席所用之食材包羅萬象，大凡天上飛的，地上跑的，河裡游的，草裡蹦的無所不包，其中熊掌與猴腦是少不了的。況且吃猴腦都是把活生生的猴子綁在桌子中央，當場敲開猴腦，用湯匙舀來喝。只見猴子的眼珠子還在眨巴眨巴地瞪著人瞧呢！不但殘忍，簡直使人噁心。

可是韓國泡菜就不同了，這次我們夫妻隨團參加韓國六日遊，才深深體會到韓國泡菜是韓國的「國菜」，上自達官貴人，下至平民百姓餐餐吃，頓頓吃。

未去韓國之前，以為韓國泡菜是他們的小菜，是他們的開胃菜，或者作為下酒之用，誰知到了那裡才知道那是他們的「主菜」。往日在國內或者赴大陸旅遊，通常是六菜一湯、七菜一湯，或者八菜一湯。如今到了韓國果然也是六菜一湯、七菜一湯，或八菜一湯。但，菜並不是大盤炒菜，當然談不上雞鴨魚肉，甚至青菜、豆腐也很少見。所取代的是一碟碟的泡菜，外加一個小火鍋。

六天下來，遊遍了首爾、古皇城、運河等名勝古蹟，也看了他們的「亂打秀」，這一切的一切似乎都不錯，再加上他們的都市繁華、高樓聳立、街道整潔、交通秩序良好、人民彬彬有禮，若稱之謂亞洲已開發國家當不為過。惟獨每當走進飯店，映入眼廉的總是千篇一律的「泡菜大餐」。

旅客魚貫進入餐廳，脫掉鞋子，踩著木製地板就坐，飯桌千篇一律是用小茶几，四人一桌，盤膝而坐。面對的就是那桌子正中央放著的幾碟泡菜，以及一個小火鍋，一瓶冷開水，四個杯子，四碗飯，四雙筷子。碗、筷都是用不銹鋼製成，筷子是扁平的，為了保溫，飯碗上加了蓋。

泡菜是用直徑大約三吋的有邊瓷碟裝著，份量不多，只要一筷子便可叼光，以致夾菜時人人都變得很斯文。不過吃完了還可再添，因為大師傅都在那裡抱著膀子閒嗑牙，只待你一招手，他便用一個小推車把各式盛著泡菜的盒子推來，手拿一把夾子，為你添上。

咱們只知道泡菜是用大白菜或者蘿蔔做成，其實幾天吃下來，發現什麼食材都能泡，譬如說黃豆芽、海帶絲、豆腐、青辣椒、小黃瓜等，偶然也會有小魚乾或罐頭魚出現，恐怕那是特別為我們加的菜。小魚乾也沒經過油炒，因為餐廳裡根本沒有爐灶，如果有，那就是每個桌上的小火鍋了。

說起小火鍋，那也不過是聊備一格而已，只是一些大白菜，粉絲也少得可憐，有一次多放了幾片胡蘿蔔，韓國導遊就瞪大眼珠子，認為那是一種浪費。

那位韓國女導遊名叫「水晶」，母親是臺灣人，說得一口流利國語，一上車就嘰哩呱啦！淘淘不休！大家聽得無奈，也只好閉眼養神。她說：小時候營養不良，身體瘦弱，母親便到雞窩裡偷拿了一個雞蛋給她拌飯，適巧祖母回來，為了怕她看到，惹起一場風波，蛋皮都沒打開便藏在碗底，上面再覆蓋米飯，等到吃的時候，她才發現飯下有顆生雞蛋。

由此使我想到，旅遊期間我們天天上餐廳而且頓頓泡菜，那麼韓國家庭的飲食豈不更差了。思來想去，終於悟透這是一種觀念問題，這是一種金錢價值觀。他們認為吃吃喝喝是一種純消耗的事情，吃完了就沒了。寧願住高樓大廈，開豪華轎車，油頭粉面，西裝革履，但回到家裡還是吃泡菜。

咱們中國人不是也有這麼一句話：「寧買不值，不買吃食。」

他們認為吃泡菜並非全然為了省錢，而是為了養生，因為韓國的大白菜一年收成一次，沒灑農藥，且經過寒冬不會腐爛，長期貯存之後，產生一種乳酸菌，有助大腸蠕動，而且無油無糖，身體不會發胖。甚至放了十年以上發霉的泡菜，他們照樣拿來煮火鍋，因為那才是人間極品。以致喜歡血拼的遊客在韓國買不到合身的衣服，由於他們的尺寸比我們的衣服小了許多，怪不得街上見不到胖人，在電視上看得到韓國名星都是瘦高條子。

韓國泡菜吃起來酸酸辣辣甜甜鹹鹹實在來勁，此菜已經夠辣，服務生還會三番兩次問你要不要辣椒，為了不拂他們的美意，我要了一碟，原來是青辣椒，並不怎麼起眼，品嚐一下，不由七竅生煙，辣得眼淚直流，伸長舌頭直打「哈哈」。我先生見狀，急急為我到杯冷水，我迫不及待一口灌下，仍是枉然，只好急急扒了兩口飯，才算過去。

據說：四川辣椒有一百四十多種，最辣的叫「鬼椒」，莫非我吃到的就是鬼椒！

小時候家境不好，常吃鹹菜疙瘩，如今碰到泡菜，似有「他鄉遇故知」之感，便自自然大吃特吃起來。不像同桌那位小女孩，一坐上桌就把那盤白蘿蔔端在前面，白蘿蔔雖然也是生的，無油無鹽，但畢竟沒放辣椒粉，要不然小孩子怕辣，豈不沒菜可吃。誰知道連日來我這樣百無禁忌吃呀吃的，可是到了第三天就鬧肚子了，在遊覽車裡如坐針氈，對沿途風光無心瀏覽，真怕憋不住，鬧出笑話。因此，自第四天起連碟子都不碰，吃碗白飯就算了事。

導遊水晶說：「以後我去臺灣，你只要請我吃一碗牛肉麵，我就心滿意足了。因為我去年去臺灣的時候，阿姨請我吃了一碗牛肉麵，我才知道自己被騙了四十二年（她今年四十二

歲），因為在韓國上等牛肉麵也只有薄薄兩小片牛肉，一碗清湯，連醬油都捨不得。及至吃了臺灣牛肉麵，肉厚量多，湯濃又鮮，簡直令人回味無窮！

水晶繼續說：「臺灣還有一種美食，我不說你們也許不知道，那就是『鹽酥雞』，吃起來香香脆脆酥酥麻麻，真是人間美味！可是有一天阿姨帶我到士林夜市一瞧，哎呀！我的媽呀！那一大鍋黑黑的油，在咱們吃泡菜的韓國從來沒見過，不只是浪費，也極其不衛生，以後我再也不敢吃鹽酥雞了。」

「不過，今天下午我帶你們到首爾商店街時，也介紹一種咱們韓國的美食——雞蛋糕。我想雞蛋糕臺灣也有，只是用整個雞蛋做的您沒見過吧！吃起來鬆鬆軟軟香香甜甜，簡直迷死人了，而且首爾僅此一家，別無分號。」

當天下午，果然到了那條街，只見街角一個女孩果不其然地在做雞蛋糕，大夥一湧而上，把攤位團團圍住，只見他先將調好的麵糊一一倒進爐火上鐵鑄的容器內，然後再把雞蛋一一打開，分別倒在麵糊上，再在蛋上倒上一層麵糊，蓋上鐵蓋，反覆在爐火上烤，等到發出陣陣香味時，便用竹籤挑出來，裝入紙袋分予客人。咬上一口，只見整個雞蛋夾在蛋糕中間，誘人極了。我一連吃了好幾個，才解了饞，一掃多日來吃泡菜的夢魘，也顧不得什麼雞蛋所含的膽固醇太高了。

「韓國樂園」規模之大，是世界七大遊樂園之一，尤其是晚上的花車秀及煙火施放，璀燦奪目，震人心弦。古皇城寬廣遼闊，城牆、殿宇全係採用巨大木石構築，樸拙可愛，讓人有時光倒流之感。遊客船來船往暢遊運河，但見兩岸奇形怪石崢嶸林立，有的像人物，有的像野獸，有的像屋宇，有的似煙雲，微風乍起虛無飄渺，像極了張大千先生一幅幅的潑墨山水。「亂打秀」鍋、碗、瓢、盆什麼東西都能擊打，卻也能打出一種韻律，打出一片天，而且還曾在世界幾十個國家表演過，真是一種奇蹟。票價雖然高達臺幣一千元，凡是看過的人都認為很划算。

記得：民國四十三年一萬四千名反共義士自韓國投奔自由來到臺灣，他們就有一個「克難樂隊」，在戰俘營裡苦中作樂，所打擊之「樂器」與亂打秀不謀而合，兩者是否有所淵源不得而知，但亂打秀能夠走上國際舞臺，創新與滑稽應是主因。

韓國總統府——青瓦臺，原來房頂係用「青瓦」構建而成，莊嚴肅穆，風格別緻。

您也許不知道，韓國是大男人主義，婦女在家裡沒有地位，例如媳婦不能上桌吃飯，必須要等全家都吃完了，才能收拾一點剩菜剩飯躲在廚房吃。

水晶說：「有一天，旅行社一位女同事請我到她家裡吃飯，一進大門就聽她先生霹靂般地大吼：哈！妳怎麼不給水晶拿拖鞋！只見那位女同事手裡拎著一雙拖鞋，嗲聲嗲氣地說：我這不是拿來啦嘛！過了一會，他先生又在大叫：哈！電視遙控器呢？其實，遙控器就在他

的面前，我那位女同事二話不說，放下手邊的工作，拿起遙控器打開電源轉換頻道，每轉一下，他先生便哈一聲，只聽她先生一陣哈！哈！哈！……直到轉對了臺哈聲才停。

吃飯時，只有我和她先生在吃，我那位女同事待在一旁畏畏縮縮地招呼著。飯剛吃罷，碗筷才放下，她先生又在哈！妳怎麼還不把水果端出來！我的天！我捅起一塊水果往嘴裡一塞就走人，一頓飯吃得我膽顫心驚！直冒冷汗！」

我很想問她：「她們請妳吃飯，是不是也是吃的泡菜大餐？」但終於未能開口。

大家都知道，做導遊工作薪水微薄，主要收入全賴旅客購物的回扣，而且買的東西越貴回扣越多。譬如說：我們要去買糖果，水晶總是推三阻四，認為「糖果吃下去還不是會拉成屎，簡直是一種浪費，有什麼好買的。」明眼人一聽就知道：糖果太便宜，回扣不多，她才會說那種話。因為她的重點是「人參和紫水晶」，甚至泡菜都不放在眼裡。

為了刺激遊客的購買慾，做導遊沿途總會講述一些相關的故事。例如說：下一站我們參觀韓國特產「紫水晶」工廠，她便活靈活現講述一則「藍寶石的故事」。

水晶說：「有一次我去泰國旅遊，行前問媽媽和哥哥要什麼？媽媽要一個鱷魚皮包，哥哥要一個電動刮鬍刀。問爸爸要什麼？他說什麼都不要。回來時，一下飛機就看到爸爸興高采烈地開車來接我，回到家中我把鱷魚皮包和電動刮鬍刀分別取出，送給了媽媽和哥哥，當晚便趕回婆家。誰知三更半夜媽媽打電話來哭著說：妳爸爸在發飆！好像在生妳的氣，但不知為什麼？妳趕快回來一趟！於是放下話筒，連夜開車往家裡趕，一進大門看見爸爸一夜沒睡，仍坐在客廳生悶氣，茶壺、茶杯摔了一地，見了我劈頭就問：已經到了這個節骨眼，妳怎麼還在給我打啞謎！我莫明其妙地問，打什麼啞謎？爸爸說：那就拿出來吧！就是泰國名產——藍寶石戒指。我一時傻了眼，只好結結巴巴地說：你不是說什麼都不要嗎？爸爸聽了，一屁股癱坐在地上，當時那種痛苦、失望的表情令我終生難忘。後來聽媽媽說：就因為這件事，原本要過戶給我的一棟房子飛了，卻過戶給了哥哥。」

想不到她的故事果然發酵，後來到了紫水晶工廠，冷眼旁觀確實有許多人在買戒子。

泡菜工廠是遊客們必到之處，每人都圍起一個大紅圍裙，戴上一頂白高帽子ＤＩＹ一番，至於如何撒鹽？如何搓揉？如何加料？都有訣竅，火侯要拿捏得恰到好處。於是大家就有樣學樣。俗話說：「像不像三分樣」，果然遊客們做的泡菜一樣地鮮紅欲滴，一樣地令人垂涎，可是他們做的泡菜清爽可口，咱們做的鹹不辣嘰。

為了招攬顧客，泡菜場特別準備一些韓國古代服飾，讓顧客拍照留念。只見那些服裝寬寬大大，花花綠綠，再戴上奇形怪狀的帽子，真是像極了「大長今」裡的官宦人家，彼此相望笑作一團。

臨走時，每人少不得各買若干箱泡菜，而且相約在機場交貨，免得提攜之苦。此次到了韓國除了人參就是泡菜，再不就是紫水晶了。況且泡菜與人參和紫水晶的價格有著天壤之別，不買實在可惜。

回臺後，韓國泡菜甚受親朋好友喜愛，異口同聲讚美那是難得的人間美味。自己只留兩罐，不久便吃光了。

於是到市場買回一些大白菜、蘿蔔、辣椒粉如法泡製，可是做出來的泡菜四不像，總脫離不了咱們傳統醬菜的模樣，缺少那種維妙的口感。

自此，韓國泡菜在我心中留下一段美好回憶，令人懷念，令人讚嘆：

韓國泡菜了不起，
滿漢全席沒法比，
飯前飯後少了它，
人生覺得好乏味。

*　*　*

大陸流行「順口溜」，簡簡單單幾個字，勝過千言萬語，非常傳神，摘錄兩則與君共賞：

其一：吃在西安

麵條像褲帶，辣子一道菜，碗盆分不開，鍋盔像鍋蓋，陝西姑娘不嫁外，秦腔不唱吼起來，板凳不坐蹲下來，老太太上樹比猴快。

其二：頭字訣

南京看石頭，北京看磚頭，西安看墳頭，蘇杭看丫頭，桂林看山頭，柳州看木頭，廣州看車頭，臺北看拳頭。

母親與我

每人都有母親，我覺得自己的母親最偉大！

祖父母無子女，收母親作養女，後來又招贅父親。由於祖父嗜酒如命，導致家無恆產；加上祖母與父親不睦，使母親左右為難，受盡無限委屈。

父親於農閒期間到處打零工，有次在山上懸崖邊伐木，不慎滑落山谷，救起來時已昏迷不醒，雖經治療保住了性命，但腦部卻受到嚴重傷害，一付家庭重擔自此全落在母親肩上。

母親生我們姐弟六人，我排行老大。因此，家中事無鉅細，首當其衝，可以說與母親鼻息相通。

自我記事以來，母親一直在農會做搬運稻穀的工作，一包包百餘公斤重的稻米，連大男人也要望而卻步，母親總是咬著牙往樓上樓下扛，每當我用一個小瓦盆為母親送飯，或揹著幼小的弟妹來找母親餵奶時，看到母親一身灰塵，滿臉汗水，內心酸楚難已形容。

為了分擔母親的辛勞，雖然當時我和灶臺一樣高，但每天總會自動為全家做早飯，接著就是掃地。經常因為做家事趕不上學校的升旗典禮，被老師罰站或被糾察隊關在校門外，不准進去。

放學後，就幫著母親餵雞鴨、剁豬菜、挑肥，以及稻田鋤草等工作。農忙期間則與母親一起割稻，到別人收割過的田裡拾稻穗、撿花生。有時於假日受僱去拉人力板車，母親在前面拉，我在後面推，形成一幅天倫圖。回程時，由於車子空了，母親叫我上去坐，有時還買一塊西瓜給我吃，我叫母親吃時，她總說她不喜歡吃西瓜。

由於剁豬菜時不小心，將左手食指幾乎砍斷，一時血流如注，害得母親邊包紮邊流淚，在家陪我一天沒去上工。

夏天一到，我家的蚊子特別多，母親和我便到大河邊割下大捆大捆的艾草，扛回來攤在穀場上曬乾，晚上便在自家門前點燃起來。說也奇怪，這一股清香撲鼻的艾草煙味，竟是蚊子的剋星，剎時間，只見群蚊亂舞，飛得一隻不剩。全家大小便可在夜涼如水的夜晚，靜靜地享受「臥看牽牛織女星」的樂趣。

有一次去砍艾草時，大河乾涸了，我便好奇地跑下去玩，採著滑溜溜的鵝卵石，吹著河道裡涼颼颼的風，覺得很愜意。正在玩的入神時，只聽一陣巨大聲響，夾雜著母親霹靂般的驚呼：「大水來了！大水來了！」抬頭一看，只見上游的河水排山倒海而來，我本能地向母親狂奔，就當我距岸邊不遠時，河水已來到近前，心想：「這回完了。」說時遲，那時快，

只聽母親大吼一聲：「接住！」我順手一探，竟然是捆艾草用的粗蔴繩一端，另一端在岸上母親的手裡，頓時精神一振，母女倆就像拔河比賽一樣與水搏鬥。終因水勢太大，我只好抓緊麻繩，閉上眼睛，憋住氣，順水往下流。母親也「蹬！蹬！蹬！」被拉扯得往下游踉蹌疾跑，嘴裡還聲嘶力竭地喊著：「不要鬆手！千萬不要鬆手！」大約往下漂流一百多公尺，被一棵樹幹擋住了，我才得以慢慢爬上岸來，與母親相擁痛哭一場。

母親和我利用門前僅有的空地，種一些「長年菜」，等到碩大的菜葉長成後，母親便一一砍下，一層層地鋪在大木缸裡，每鋪一層灑一遍鹽，每當母親鋪好一層，我便帶著弟妹赤腳進入木缸，一圈圈地繞著木缸踩，口裡還不停地唱著兒歌：「火車快開，火車快開，嗚！嗚！嗚！」真是「少年不知愁滋味」。

母親把長年菜裝滿大木缸後，便與我合搬一些大石塊壓在上面，大約醃兩週，等到菜葉變黃，發出一種撲鼻的酸味，母親便一棵棵地取出掛在竹竿上晒，晒乾，就是大家熟知的「梅乾菜」。晚上，母親等弟妹都上床睡覺了，便與我坐在煤油燈下將菜切碎，分別裝在玻璃瓶裡搗緊。由於瓶口小，不透氣，即使放上一年也不變壞。因此，不論我家的床底下，鍋灶旁，門後邊，到處都可看到這種酒瓶，吃的時候就用粗鐵絲慢慢挖出來，這就是我家一年到頭常吃的菜。

每逢過年，一大早，母親就為我換上新衣服，叫我出去玩，還會給我一些壓歲錢。

母親特地將大竹子一節鋸下，作為我的「撲滿」，我便把這些壓歲錢丟進去。閒來無事，搖晃大竹筒，裡面發出一陣叮叮咚咚的聲音，好像演奏一種民俗樂器，實際上，我是用耳朵算一算裡面有幾個銅板。有時眼巴巴地看到賣糖葫蘆的小販經過，嘴角饞得直流口水，不由自主地大喊一聲：「賣糖葫蘆的！等一下！」於是匆匆跑回屋子裡，在床底下摸出竹筒來，也不知哪裡來的力氣，在微弱的光線下，用石塊三下兩下就把竹筒砸開，稀稀落落掉出幾個銅板來，順手撿起一枚便往外跑，換來一串糖葫蘆。吃完這串糖葫蘆不大緊，害得要花半天的時間再鋸一個大竹筒，作為我的新撲滿，甚至不小心連手都磨破了，母親說：「這就是愛吃的代價。」

以前沒有洗衣機，大戶人家的衣服都是包人代洗，每天一大早我就隨同母親起床，到他們的屋簷下洗衣服。一大盆、一大盆的衣服，必須在天亮以前全部洗完，所以母親洗得很快，三兩下就清潔溜溜，我也不自覺的加快起來，即使氣候再冷我們也不覺得。

每隔三、五天，我便和母親上山去砍柴，陡峻的山谷，叫喊起來還有回聲，實在有些害怕。砍好了柴通常分大小兩捆，大捆由母親扛，小捆由我揹，孰不知越揹越重，走起路來顛顛倒倒，不多久竟兩腿發軟，幾乎就要跪下來。母親見狀於是便從我揹的那一捆取一些柴火，放在她扛的那一捆中，結果我揹的那一捆越來越小，她扛的那一捆卻越來越大，往往抵達家門時，我都是兩手空空。

有一次，把柴火捆好剛要下山，被山地巡邏警察發現，據他說那是「國有林地，不得任意砍伐。」我看看母親的臉色有些蒼白，一句話也說不出來，只是示意我趕快離開，自行回家。可是天快黑了，我一個人也不敢走，於是母女倆只好扛著柴火，隨同警察下山。到了派出所打開給他們檢查，當他們發現全是一些荊棘和小樹枝時，也就讓我們保證以後不再去，並且按了手印回家。

星期天一到，母親和我就扛著鋤頭到田裡工作，有時是去除去田埂兩邊的雜草，或拔除稻田裡的秕子，有時是移開田埂間堵水的石頭。往往石頭一移開，就看到蛇在蠕動，昂首吐信實在嚇人。

有一次，一條茶杯粗的大蛇在田埂上蜷伏著，狀似悠閒，母親叫我趕快跑回家去拿麻袋，並告訴我：「這是蟒蛇，很溫馴，不要怕！」只見母親扯起麻袋口，叫我用一根樹枝往裡面趕，我猛吸一口氣壯壯膽，可是每當戳牠一下，牠就吐一次舌信，身體動也不動。後來母親等得不耐煩了，也許認為牠沒有敵意，便遽然伸手抓起蛇尾，迅速丟進麻袋中。母女倆歡喜地抬往蛇店去賣，將賣得的錢，買一些五花肉，回家燉一大鍋紅燒肉，吃的全家好像過了一次年，自此鄰居們都稱呼我們為「捕蛇雙雄」。

偶爾，天主堂發放救濟品，母親與我一大早就興致勃勃地提著袋子，走好遠一段路去排隊，有時領回一些麵粉或玉米粉，有時領回一些奶粉或奶油，母親便蒸一些又白又大的饅頭，我則煎一些又酥又脆的玉米餅，或沖一些又香又濃的牛奶。母親雖篤信佛教，但當看見全家大小吃得津津有味的時候，嘴裡總會不經意地唸道：「感謝上帝賜給我們這些美好的食物！」

為了儉省，母親要我們白天打赤腳，連上學也是一樣，只有晚上洗完澡後，才可換上木拖鞋。因此，使我長成了一雙大腳，母親笑著說：「從前像這種『三吋金蓮橫著量』的女孩子，沒有人要，只有當丫頭的份。」

三個弟弟的頭髮都是我用剃頭刀為他們理的，母親把他們的頭用熱水洗好抹上肥皂，我便提刀上陣，也許是剃刀不夠鋒利，只見他們一個個齜牙咧嘴，母親在一旁還講述「關公刮骨療毒」的故事給他們聽。

母親一向嫉惡如仇，認為不良嗜好毀掉人的一生，叫我將來嫁人千萬不要嫁給酒鬼、賭鬼。因此，每當我看到別人玩撲克牌、擲骰子都很討厭。有一次新年過去好久了，鄰居們的賭性不減，仍然吆喝吵鬧不休，我於是躡手躡腳走近他們的窗口，向裡面大喊一聲「警察來了！」只見他們一陣騷亂，奪門而出，剎那間逃得一個也不剩。我心裡正在暗自好笑，不料母親知道了，罵我這是「狗拿耗子。」

每當颱風來襲，我家的小茅屋都被吹得七零八落，搖搖欲墜，母親與我便冒著狂風暴雨爬上屋頂加以遮蓋，真是險象環生。

家裡即使斷炊，餐餐吃「醬冬瓜」，可是母親總是排除萬難，一點一滴湊足我們的學費。並且一再叮嚀我與弟妹要用功讀書，好好做人。希望將來能夠出人頭地，成為社會有用的人。

我的玩具，甚至文具有些都是母親克難製造的，就拿「橡皮擦」來說吧！每當我用完時，母親便找一些黏土來，叫我攜帶一把柴刀，兩人相偕到村東一棵大榕樹下，母親先是蹲下來，我便踩到她的肩上，以疊羅漢的方式爬上樹去，用柴刀將榕樹枝椏割出一道道的痕，只見流出白白漿液，然後用黏土去醮，如此反覆地做，當覺得黏土膨脹得如同一個小皮球而略有彈性時，便帶回家放在水中清洗，將黏土洗去，母親便將它捏成各種小動物，陰乾後，即成為可愛實用的橡皮擦了。有的同學見了後，還掙著向我買呢！

小學畢業那年我才十三歲，為了分擔家計，我看到一家洗衣店貼著「誠徵洗衣工人」的告示，立即畏畏縮縮毛遂自薦，經他們同意試用後，我就正式上工。只見每天送洗的衣服堆積如山，洗完後還要用大熨斗一件件地燙平，每月將微薄的收入，悉數交給母親。

在洗衣店裡工作兩年半，母親見我的右手拇指由於常握熨斗，向外畸形發育，便叫我辭掉這份工作。賣了一頭豬，買回一架縫衣機，叫我學洋裁。果然學成後，不但可替家人縫縫補補，而且還可為別人修改衣服，做些傳統的鄉下服裝，賺取較多的錢。

如今，弟妹均已完成高等教育，相繼成家立業，有的旅居國外，我亦嫁給一位軍人，離開溫馨而又多難的家。我們的成長、茁壯，換來母親一頭白髮，滿臉風霜及一雙粗糙的手，我們的孝思與感恩，又豈能比擬偉大母愛的聖潔光輝！

親愛的朋友！

擦乾你的眼淚！

讓我們唱一首歌：

唱一首母親的歌，

唱一首友愛的歌，

唱一首回憶的歌，

唱一首忘憂的歌。

* * *

颱風過後，老胡家的房子漏雨，老胡搬來一個樓梯，爬到屋頂去修瓦。

不多久，有個人向他招手，他大聲問道：「什麼事？」

對方說：「請下來講話！」

只見他小心翼翼地爬了下來，走到對方跟前問道：「什麼事？」

對方說：「我很窮！已經一天沒吃飯了，請給我一點錢，好買東西吃。」

老胡聽了向他招招手說：「請跟我來！」

二人慢吞吞地相繼爬上屋頂，然後老胡對他說：「我也很窮！」

說明會正夯

父親去世後，母親便鬱鬱寡歡，整天坐在家裡不發一語，似乎什麼事也提不起興趣。

可是自從參加「健康產品說明會」，人就好像變了樣，每次回來都是眉飛色舞，滔滔不絕：老年人要多吃含鈣的食物，避免摔跤；老年人要多吃含纖維的食物，才能大便順暢；老年人要少吃油、鹽、糖，才能預防三高。一時之間我們都愣在當場，彷彿短短數日變成了營養衛生專家。

說著、說著，便從手提袋裡掏出許多贈品來，如沙拉油、米、醬油、冬粉、麵條等。像小老鼠搬家，日久天長家裡便堆得滿屋子都是。吃不完就拿去送人，自然是我和兩個弟弟的家就變成受贈對象。自此以後，這些食物源源不斷，確也省下家中一些開銷。

「天下沒有白吃的午餐」，那些贈品只不過是商人的「餌」，有了香餌不怕魚兒不上鈎。只見母親毫無考慮地把那些藥品、營養食品大包小包買回來，另外還有藥膏、貼布等，琳琅滿目，不一而足。商人則食髓知味，漸漸由廉價商品進入高檔商品，由小型用品進入大型器具。有一天連健康器材，包括走步機、按摩椅以及水床也都搬進了家門。

當然，這些東西點數更多，點數越多贈品越大，計有巴西蜂膠、壓力鍋、電扇、吹風機等。

看到母親忙碌又興奮的樣子，整個人像變了樣，似乎年輕了許多，特別有活力。縱然家裡推滿了東西，無處下腳，但誰也不願掃她的興，二弟仍是一天兩回以機車代步往說明會場接送。

由於一種好奇心驅使，有一天我隨著母親一探究竟，只見一個大房子裡烏壓壓坐滿了人，沒有坐位的便擠在走道上，我靠著牆站在最後面，那些人似曾相識，原來都是附近鄉親。時間一到，大門一關，助理們便在門旁把守，「只准進，不准出」，後面設有洗手間，裡外隔成兩個世界。此時，正是說明會開始的時刻，也是他們表演的時刻，說句不中聽的話，正是他們吹牛的時刻、訛人的時刻。

經過介紹，說明人員似乎都是食品專家、衛生專家、營養專家、醫學專家。他們用最甜蜜的笑容、最親切的語言稱呼你、讚美你。他事先聲明他們的產品都是合法的，都是經過檢驗的，全貼上「正」字標誌而且具有療效，想必是頭痛醫頭、腳痛醫腳、有病治病、無病強身。只要一粒下肚百病盡除，腫漲全消，什麼心臟病、高血壓、糖尿病、痛風、便秘、失眠、一掃而空。甚至可以白髮變黑，返老還童；牙齒堅硬能夠啃甘蔗；腳步穩健可以跑百米；手腳靈活可以跳街舞。至於藥膏、藥布用途更為廣泛了：那裡痠就貼那裡，那裡疼就抹那裡，不但能夠去角質，即使消除雀斑、老人斑、青春痘也行。

邊說邊叫大家試用，那些爽聲止咳的藥粉，則叫大家即時服下，倒也覺得喉嚨清涼，挺舒服，他們說那就是療效。把藥膏塗抹在臉上或者手背上，搓巴搓巴，竟然真的搓出一些粉狀的東西來，他們說那就是「角質」。至於噴劑和貼劑更神，一貼見效，三貼病除，如不靈驗保証全額退費。一邊說一邊就掏出名片，在眾人面前晃一下，以昭公信。

這時，我們又是吃的，又是喝的，又是噴的，又是抹的，經過一陣喧嚣之後，主持人便露出他那一貫甜蜜的笑容，言歸正傳。

首先聲明一包一千元，只優待十位，這十位幸運兒以先舉手先得，經我左右張望數了一下，豈只十位，至少有三十幾位，想也想得到每人購得一份，無一漏網之魚。如果有人說：「太貴了！」他會從善如流，馬上減價，一千元兩包，如此一來，又掀起了另一陣搶購熱潮。接下來就是一包三百五十元——三包一千元——四包一千元——五包一千元的往下降。如果單買一包兩百元也行，要不然就五包送一包如何？搞的你糊里糊塗，暈頭轉向，以為撿到了便宜。再加上眾多美女手提產品來往穿梭，叫賣聲不絕，如此算來由原來的每包一千元，一下子變成二百元，況且還有贈品可拿，簡直太便宜了！過了這個村，恐怕沒有這個店，不買實在可惜。

買！買！買！人人像著了魔，形成一股瘋狂大採購。

等待一切風平浪靜，主持人顯然意猶未盡，對於那些冥頑不靈的「頑固分子」，不得不使出看家本領，先是講一些黃色笑話，打開你的胸懷，放鬆戒備。甚至以色誘惑，男的要給你做乾兒子，女的嗲聲嗲氣要給你做小老婆，自自然然坐在你的大腿上，即使你太太在旁邊她也不在乎，甚至大姐長大姐短地叫，弄得你不知所措。

十個男人有九個過不了這一關，看著如花美女投懷送抱，怎不心花怒放，馬上掏腰包。

對於那些顧左右而言他的人，他們不氣不惱，仍有一套苦肉計，用噴燈噴出熊熊烈火燒傷自己的手臂，再塗上他們的藥膏，不消片刻工夫，仍然完好如初。或者弄幾條「雨傘節、龜殼花」之類的毒蛇，把手伸進籠子裡，任由牠們咬傷。只見被咬傷的人嚎啕連連，眼淚盈框，令人不忍卒睹，然而一經灑上他那毒蛇藥粉，包紮一番，平滑如初，如同無事人兒一樣。

再不然就是打出「悲情牌」，轉眼間眼睛泛紅，博人憐憫，訴說自己悲慘遭遇，不但讀書不多，其貌不揚，再加上父母離婚，弟妹幼小，且有老祖母臥病在床，老闆才基於同情，破格試用，如果銷售成績不好，一定會被炒魷魚。請各位善人！各位菩薩！高抬貴手，行行善，積點德，買包回去吧！

如此這般好話說盡，只差一個下跪而已。

只見那幾個「鐵石」心腸的人，也被他們的感性溶化，眼眶泛紅掏出錢來。

你以為三番兩次買完就已完事，可以解脫，可以打道回府了。只要回頭瞄上一眼，你那臨陣脫逃的念頭全消，不但大門關得嚴謹，而且還有兩名悍將虎視眈眈地在把守，簡直是銅牆鐵壁，插翅難飛。

「抽獎了！抽獎了！」那些萎靡不振的聽眾一聽到抽獎，又瞪起雙眼，精神大振。他們真是好心，先將那些沒拿到獎券的人一一補齊，然後轉身去順手拿起的卻不是抽獎箱，而是另外一件「健康食品」，天哪！又是一陣疲勞轟炸！

如此一而再再而三的強力推銷，終於把每個人的荷包榨扁了，才正式宣布：「今天到此為止，明天還有更多的新產品，歡迎早點光臨！」

臨出門時每人獲贈一份物品，那才是真正的戰利品，也是宣傳品，走在路上招搖，路人頻頻詢問，羨慕不已。於是參加說明會的人越來越多，舉辦說明會的場次迭有增加。不怕你忘記，每天下午就有一輛宣傳車大街小巷穿梭，擴音器震天響，像催命符一般催你上路。只要往門口一站，哇塞！像趕廟會，滿街都是老人，三五成群有說有笑，朝一個方向走去。

如此一來，家家戶戶都堆滿了吃不完的贈品，參加的人以為佔到了便宜，為家中謀到了福利，於是人前人後沾沾自喜。殊不知他買來的那些食品、藥品、健康器材少則也有數萬，多則上百萬元。據報載：商人的利潤平均約有四十倍！高得驚人！

有一天，我壯壯膽對母親說：「妳吃的那些藥品含有類固醇，只止痛，不治病，吃多了

要洗腎，甚至會致癌。」

母親先是瞪我一眼，繼而提高嗓門回答：「能止痛就好啦！我已經八十多歲，還能活幾年？有誰關心過我？我花我自己的錢，又不向你們要。」

外子在一旁伸伸舌頭，見她如今上下樓梯果然「蹬蹬蹬！」像小跑步一樣，我心裡想：「歡喜就好！」自此，誰也不敢吭氣。

以前，商人們的經營策略：賺兒童的錢最容易，便有安親班、資優班、數理班，美語班，乃至美術班、游泳班、圍棋班、摔角班、抬拳道班、羽毛球班的設立。之後，腦筋動在女人身上，什麼修眉毛、畫眼線、割雙眼皮、隆乳、紋眉、美白等花招便層出不窮。此外，還有瑜珈、三溫暖、健身房等。至於名牌包包，名牌衣服那就更不用說了，凡是「名牌」就好，即使仿冒品也行，只要標籤不撕掉，穿著也體面，因為現在是一個真假難辨的時代。有一次，和外子朋友的太太們聊天，得知有位太太同一款式的名牌包包買了七個。我問她買這麼多包包幹啥？她說：「看唄，看著也窩心。」

想不到，十年風水輪流轉，如今商人的腦筋卻動到老人頭上。他們也知道，想賺老人的錢要動心眼，也就是說不能直來直往，要作另類思考。老人多半是省吃儉用攢下來的錢，是一生僅有的積蓄，那是他們的棺材本，那是他們的命根子，連子孫都瞞著，不但不知道，也沒有人敢問，因為，那是一個敏感話題。否則，他會懷疑你想打歪主意。

如今，「健康食品說明會」卻輕易打破了他們的禁忌，因為老年人生理退化的現象，病痛特別多，一聽到「健康」二字跑得特別快，肯花錢，而且心甘情願地把錢大把大把掏出來。

據說：這種說明會全省約有數百家，走大街，轉小巷，歷久不衰。甚至大樹下，廟宇前，屋簷下，乃至廢墟裡都有他們的群眾。

最近，我隨外子參加長青會旅遊，想不到那把野火竟然燒到遊覽車上，什麼辣木、蜂膠、牧草茶、辣椒膏、紫菜酥、蘿蔔乾、鮑魚片……，連番推出，應有盡有。推銷員鼓起三吋不爛之舌，強力推銷，咱們這邊也只有免為其難照單全收。心裡自我安慰，出來一趟不容易，這些健康食品都是好東西，吃不完也可以做人情。

好不容易等到他們賣完之後嘻嘻哈哈下了車，鬆了一口氣，這回輪到車掌小姐推銷了，反正車子是開動的，一個也跑不掉，有的是時間與你耗。你也許有疑惑，為什麼她不先賣？而把機會留給旁人？直接了當地說：她可以拿回扣，撈油水。況且她賣的東西與前者不同，加上端茶倒水，安排唱卡拉ＯＫ種種服務，就當作是小費好了。況且，整條大牛都被牽走了，怎麼還會心疼栓牛的牛橛子？

一路疲勞轟炸轟得人人頭昏腦漲，好不容易才要下車小便，原來廁所是在一家大型說明會裡，豈不上了賊船。只見一間間教室擺滿了靠背椅，原來這才是說明會的大本營。再加上駕駛先生和車掌小姐一再懇求：「拜託！拜託！您只要進去坐坐，吹吹冷氣，喝杯茶，買不買沒關係，進去捧捧場。」

我一時氣急地說：「我們是來遊覽的！不是來聽說明會的。」

駕駛不甘示弱：「反正你不進去車子也不會開！」

這種話聽起來很刺耳，再看看對方橫眉豎眼的兇相，只有忍氣吞聲，對於臺上講了些什麼？充耳不聞，只是坐在那裡閉目養神，生悶氣。

長青會遊玩的地方除了廟宇就是公園，要不然就是參觀工業區，原因是可以省下門票錢。參觀工業區不外是去化妝品工廠、製藥廠或雞精工廠、人參工廠、冬虫夏草工廠等。進入廠區只見花木扶疏，亭臺樓閣，小橋流水，魚池假山，花香陣陣襲來，咖啡香氣撩人欲醉。

工廠裡看不到機具，看不見工人，迎面而來的都是鶯聲燕語笑臉迎人的招待小姐，首先把大家引入格調高雅的簡報室裡聽簡報、看影片、喝雞精、喝中將湯；然後再吃人參果，潤喉糖、宋餅。如果有參觀的話，他們不會叫你參觀製造過程，因為偌大的工廠空空如也！於是參觀成品部與包裝部，只見大批貨物用大型機具推過來拖過去，而一些成品則是放在滾輪輸送帶上忽上忽下、忽左忽右，在全廠流動，弄得你眼花撩亂，最後裝箱、捆紮，全自動設施，不用人手，彷彿這些過程就是專門為了參觀而設。至於他們的產品如何製造？從何而來？則從來無人問起。

至於化妝品工廠那就多彩多姿了，數十種香水任妳噴灑，數十種面霜任妳塗抹，一律免費試用，每人變得香噴噴，像仙女下凡，相視而笑。

接著就在不知不覺自我陶醉的時刻走進他們的陷阱裡，美其名曰：「免稅精品屋」。既然免稅，那是千載難逢的好機會，無不打起精神大肆採購一番。也顧不得需求，更不考慮價格，心裡只有一個念頭：「買得越多賺得越多！」於是，看到什麼買什麼，兩隻手停不住，一直往手推車裡丟。結帳下來少則數千，多則數萬，如果現款不夠，可以刷卡，要不然導遊會主動借給你錢，真週到！

如此一來人人大包小包提上了車，皆大歡喜，也就應了那則口頭禪：

上車睡覺，

下車尿尿，

上街買藥，

回家丟掉。

＊　＊　＊

有一個人不會講話，說話不知輕重，容易得罪人。有一天，朋友小孩滿月，請他們夫妻去吃酒。他太太對他說：「咱們去是可以，但你不要亂講話，免傷和氣。」他也欣然同意。

老人的遊戲

人人都會老，沒想到老的那麼快！

人老難免要退休，退休之後幹什麼？不知道！有人說：「到國外旅遊！」旅遊結束了還是要回來。有人說：「打麻將」！打麻將不但消磨時間，還可預防老人癡呆症，一舉兩得。可是，我怎麼學也學不會，別小看那只是一二三……幾個數字。

什麼插花、烹飪、繪畫、書法、編織等，我全沒有興趣，這也是做了一輩子生意的悲哀。往日只知道工作，忙著進貨、出貨、算帳、賺錢，不知道什麼是休閒？什麼是消遣？什麼是娛樂？到老來四顧茫然，無所適從。

何以致此，說穿了，沒有培養個人興趣嘛！也不知道如何培養？整天裡渾渾噩噩，電視機從早開到晚，愛看我就看上兩眼，不愛看就靠著沙發打盹，做白日夢，夢裡仍是一本「生意經」。對於其他一切了無生趣，彷彿人生已走到盡頭。

近來，我的眼皮一直跳，好像預感有什麼事情發生，日子過得不踏實。經過細心觀察，

原來毛病就出在我先生身上。

果不其然，我先生天剛濛濛亮就穿衣起床，躡手躡腳地出門，也不知道在外面幹了些什麼？回到家裡神清氣爽，飯也吃得下，覺也睡得著，還會打呼嚕。問他，他說：「去做老人遊戲！」我甚感納悶。

聽人家說：「臨老入花叢」，莫非他……，想到這裡全身發熱，越看他越不對勁，一定有問題。這個老不修，還有臉說什麼老人的遊戲，難道把我當白癡！

為了一探究竟，當天夜裡清晨四點多鐘，我就和衣而臥，兩個耳朵豎起來，不敢合眼。果然五點多鐘有了動靜，只聽窸窸萃萃，昏暗中我看見我先生起床、穿衣、開門、出去。我悄悄尾隨其後，只見他往大忠國小方向一直走，不多久，進了校門，與幾位男男女女攀談起來，至於談些什麼？因為距離遠，聽也聽不見。

過了一會，只見大夥拉開架勢，比手劃腳起來，天尚昏暗，看不真切，我以為要打架，嚇得我出了一身冷汗。走近一看，這才鬆了一口氣，原來他們在打「太極拳」，因為小女丹青以前就讀國小時曾獻寶給我看過，一邊唸唸有詞一邊表演：

一個大西瓜，

中間切兩半，

一半送給你，

一半送給他。

我想：這沒什麼嘛！打拳強身，延年益壽，並非見不得人，何必大驚小怪。於是，我便裝作沒事的樣子走了出來，大夥一見，就叫我也來參加練拳。我說：「我不會」，他們說：「我們可以教！」就這樣，我也糊里糊塗成了太極拳的正式會員，真是「無心插柳柳成蔭」。

會員們相互以「師兄」、「師姐」相稱，使人倍感親切。我和我先生雖然年齡加起來也有一百五十多歲，但因剛剛入會，所有的人不論長幼都是我們的師兄、師姐。而他們並不自抬身價，也叫我先生為師兄，叫我為師姐，沒大沒小，誰也不吃虧，真有趣！

呂師姐有二十多年拳齡，為人謙和，打起拳來相當沉穩，深受大家尊敬，她一見隊上添了兩位生力軍，甚為高興，於是分配洪錦珠師姐專責教導我們。

洪師姐短小精幹，兩眼炯炯有神，打起拳來剛柔並濟，全身肌肉都在動，邊走路邊踢腿，腳能超過頭頂高，一看就知道是位「練家子」。據她說：她一向求好心切，以前初習太極拳時，由於突不破「關卡」，曾忍痛放棄去跳「元極舞」。跳著、跳著，無意中心領神會，想到那神來妙招，便又再回來打太極拳，果然得心應手。足證她的求好心切，凡事一絲不苟。

此一拳術之所以命名為「太極拳」，緣由太極生兩儀，兩儀即陰陽，陰極生陽，陽極生陰，也就是說剛柔動靜之機無所不用其極。

洪師姊教拳時先給我們一些基本觀念，首先是「方向不正不打」，何謂正？那就是以面向北方為宜。如果到了一個陌生的地方，不知道東、西、南、北時，便可選定面對之建築物、道路、大樹、山頭，乃至電線桿。譬如說：起勢是面向一棵大樹，那麼收勢還是面對那棵大樹，形成個圓。

為了給我們一個鮮明的概念，她從家裡拿來一支粉筆，先在地上畫一個大圓圈，再在圓圈中畫一個大十字，和四條斜線，人便站在十字中央。十字指的是東、南、西、北，斜線則是指的東南、東北、西南、西北。拳中即使有幾招順著斜線一路打下去，但終究要回到直線上面來，絲毫馬虎不得。

洪錦珠師姐強調：打拳先「落胯」，也就是身體微曲，才能保持彈性，不要直挺挺的站在那兒。時時將身體儘量放鬆，將意念放在腳底板上。大凡一招一式「謀後而動」，換句話說：重心若移至某一腳上，俟穩妥之後才能做下一招式，切勿毛毛燥燥。如此，氣血自然循環，進而達到末稍神經。

洪師姐不但教我們打拳，還教我們走路呢！從小到大我們走了一輩子路，誰不會！難道還要人教？可是，她教我們走路時，要保持肚臍以上三吋部位挺直。一腳含蘊力道，稍微向下一頓，如同彈簧一般，另一隻腳自然提起，如此生生不息，周而復始，不但不會彎腰駝背，而且走起路來風度翩翩，怪不得有人叫她「洪大俠」。

表面上，看起來太極拳非常柔和而優美，待你了解其精義，將會洞察那一招一式都暗藏蓄勢待發的力道。誠所謂：「外行人看熱鬧，內行人看門道」，惟有武術根基深厚的人，才能看出破綻來。

太極拳既然具有防禦能力與攻擊力道，但十之八九練拳的人只是用來強身，非不得已不會輕易出手傷人。

我先生一向懶惰成性，何以突然練起拳來了？經我問明原因才幌然大悟。原來他閱讀兩篇「醫學文獻」，美國的那篇報導：中國的太極拳能夠治療糖尿病；英國的那篇說：中國的太極拳可以降低高血壓。我先生的血糖一向偏高，姑且信之，也就練起拳術來了。

「明白了嗎？」這是洪師姐的口頭禪。每當她教完一招一式便會問：「明白了嗎？」若有疑惑，她會再教，再示範，一遍遍跟著她打。可是，我明是明白，跟著她打也會打，往往自己打起來，總是丟三落四，手腳不配合。好在我先生天資聰穎，一經練習，便了然於胸。

對此，我也不加隱諱，直截了當地說：「我的頭腦不好，總是記不清楚，可以讓他回家教我。」

洪師姐聽了直搖頭說：「可是，妳對於剛才跟我來小狗的名字怎麼一次就記住了？」

我無言以對，只是有些納悶，為何做生意的時候，我對貨物價目能夠過目不忘呢？她看我噘著嘴，久久不吭氣，也許覺得說的過份，轉而溫婉地說：「妳雖然學得慢，可是學成之後，妳打的架勢，一定會比妳先生打的好看。」

經她這樣一說，我才釋懷。

「身體之轉動要像一塊門板」，洪師姐邊說邊將身體直直地左右轉動一下說：「腰就像一個軸心，其根在腳，主宰於腰，不獨手與腰要隨腳轉動，自顛頂、踵及眼神皆須隨腰轉動。所以相傳練太極拳「不動手」，就是說手足不能自動，要隨腰而動。所以我們要記住「一動無有不動，一靜無有不靜」的道理。

為了怕我們混淆，洪師姐特別示範「踢腿與蹬腿」之不同。她將自己的夾克脫下來置於腿上，踢腿時衣服向上拋，蹬腿時衣服向前拋，一目了然。

「心為令」三字為太極拳唯一要訣，以心行氣，以氣運身。也就是「運而後動」，即由內而達到外，先由臟腑而達到肢體之運動，強調氣沉丹田。

難能可貴的是，眾家師兄、師姐把我們看作一家人，從不藏私。你若有所請益，他必傾囊相授。經常耳邊傳來聲聲叮嚀：

許社長：前腳內扣！

呂師姐：出腳要寬！

劉師兄：肩膀放鬆！

蕭師兄：腳要留住！

李師兄特歸納出「太極拳十要」，使我們易學易記：一、虛靈頂勁，二、含胸拔背，三、鬆腰落胯，四、虛實分明，五、沉肩墜肘，六、用意不用力，七、上下相隨，八、內外相知，九、連綿不斷，十、動中求靜。李師兄還答應教我們打「功夫扇」呢！真好！

洪師姐恨鐵不成鋼，為了糾正我們的動作，不但扳動我們的手臂，而且一而再再而三彎下腰扳動我們的腳。這種不辭辛勞的執著精神，著實使我們感動。

洪師姐本來打算用半年時間把我們教會，不料社裡又來了兩位新同學，個個具有運動細胞，舉手投足架式十足。如果我們不加把勁，他們必然迎頭趕上，到那時面子也掛不住。

也許是基於這個緣故吧！只見洪師姐精神抖擻，異於往常，教起來招招連環綿密，淘淘不絕，只要一旦啟動，益發不可收拾，往往一次都教兩三招。她教的快，我先生也學得快，前後不到兩個月，便把十三式、三十七式兩套拳術滴水不漏的學完了。

我問我先生：「怎麼學的那麼快？」

他說：「只要把自己當成麵糰就行了，要你做成包子，你就是包子；要你做成饅頭，你就是饅頭；要你做成麵條，你就是麵條。如果自己已經成了槓子頭，任誰也沒輒！」

想不到這個吃饅頭的北方人，還有一套「麵糰理論」。

自此以後，便「放牛吃草」，讓我們跟著大夥打，也好摒棄依賴心理，多多觀摩，多多體會，自我修正，自我提升。誠所謂：「師父領進門，修行在個人。」

我即使天資笨拙，學得較慢，但經過這段期間磨練，對於太極拳這門學問，多多少少總有一番體會。心理秉持一個信念，若能持之以恆，當可更上層樓。

果不其然，每當一套拳術打下來，通體舒泰，渾身發熱，尤其腳底板，似乎有股暖流汩汩上升，臉頰紅潤，雙手不再冰冷。而我先生的血糖值也變低了，一舉數得。

洪師姐一再謙稱她是第一次教人，但她自創的「簡易教學法」使我們易學易記。每當我們一出手一投足，就會想到：「小雞喝水、三角按、貓洗臉、上手照鏡子下手抹桌子、前腳轉正後腳斜出，以及腳到手到等。」由於他的認真與專精，使我們夫妻受益良多。

西洋人說：Once a teacher, always a teacher。咱們中國也有一句格言：「一日為師，終身為父」，洪錦珠師姐當之無愧。

人老了，應該經常做做「老人的遊戲」，要不然，如何能打發這有生之年呢?!真真是：

黃金時的年華也曾度過，
到今朝衰老了徒換奈何！
瀟瀟兩鬢斑白舞動太極，
夕陽景也不多暫且磋跎。

* * *

據傳：軍閥之中某大帥受邀參加友人婚禮，致詞時稱：「今天是一個什麼樣的天氣？今天是三八婦女節的天氣……。」副官在一旁急急說：「大帥！拿錯了！」

只見大帥從另一個口袋裡掏出一張紙條唸道：「今天是一個什麼樣的天氣？今天是一個結婚的天氣。以前結婚是一男一女，今天結婚是一女一男。只要你們結婚，俺就送禮，希望你們今後多多結婚，俺就多多送禮。」

含飴弄孫

「飴，糖果也！」含飴弄孫是形容與孫子在一起玩樂就好比吃糖一樣的快活。記得，從前兒子沒結婚時，若有人問起，我會說：「你怎麼那壺不開提那壺！」可是，說歸說，我天天夜裡睡不著覺，總以為責任未了。

如果他成了家，立了業，我是多麼逍遙自在，我和我先生想旅遊就旅遊，想出國就出國，遊山玩水，逍遙自在，再也沒有什麼牽掛了。

再看看兒子，每天下班回家倒頭呼呼大睡，只氣得我一肚子火。心裡想：你既然叫我難受，我也不會叫你好過！往往半夜裡把他叫醒，問他為什麼不結婚？有次把他問急了，不料，他頂我一句：「沒有對象和誰結婚？」

真是「一語驚醒夢中人！」第二天開始我就託張大媽、劉大嫂、王大嬸替兒子作媒，展開一連串的相親活動。每次約到一位小姐，問兒子印象怎麼樣？兒子總會說：「只要媽看著合適就行了。」這是什麼話！又不是我結婚。

說歸說，不得不把眼睛放亮些，高矮肥瘦暫且放一邊，美與醜似乎也不關我的事，反正居家過日子嘛！只要為我生幾個胖孫子就行了，要傳宗接代呀！

聽許太太說：「大屁股的女人能生孩子！」每逢相親時，我要嚴格把關，專門盯著女孩子的屁股瞧，看的人家怪不好意思。

經過一再篩選，居然找到我滿意的對象，而且和我還是老鄉，娘家不但也是住在羅東，而且也姓張，真是無巧不成書。我自然一口答應，對方也沒有拒絕，經過半年交往便結了婚。

自此，我心中放下一塊大石頭。

石頭是放下了，但我並沒有輕鬆起來，也無心情悠哉悠哉地玩耍，仍是夜夜睡不著。

原來我又有了新煩惱，他們結婚了好幾個月，媳婦的肚子怎麼還是癟癟的，要等到什麼時候才能為我生幾個胖孫子。

等待的日子是磨人的，我藉著這漫長的日子，開始描繪未來孫子的相貌：生的是男孩，要像我先生，因為當年我和他結婚時，我先生是多麼英俊瀟灑，大家都說他像電影明星「趙雷」。如果生女孩就要像大陸電影明星「小燕子」，有著一對水汪汪的大眼睛，千萬不要像我這小鼻子小眼睛。

每當想到一群活潑可愛的孩子在我面前晃動時，我連作夢都會笑。

果不其然，天如人願，媳婦為我生的孫子怎麼就和我想的一樣呢！這回可把我樂歪了，

整天忙得不可開交。忙什麼？忙著抱孫子、揹孫子、哄孫子、親孫子。走路都帶風，好像年輕好幾歲。

有一天，教小學的兒子為了補修學分，考上臺東師範大學，媳婦、孫子就要一同前往。這回我可著了急，兒子深造是好事，媳婦就近照顧也是理所當然，但孫子去幹啥？我又不是不會照顧，如果我不會照顧孩子，那麼，兒子是怎麼長大的？兒子聽了啞口無言。

經過幾番爭執，他們還是不肯，他們的理由是，我為了忙著做生意，會照顧不過來。我這時著了急，不得不表白身份：「我是他的親奶奶呀！」我把「親」字說得特別重，拉得特別長，最後，他們終於投降，只得把孫子留下來。臨走，媳婦還淌眼淚，我假裝沒看見。

這回我如獲至寶，因為孫子是我一個人的了，我也格外快活，格外開心。逢人總不忘介紹：「這是我的金孫！」

一年以後，孫女又出生了，我兩手不得空閒，抱來抱去。後來得了「媽媽手」，整條手臂酸痛得抬不起來，但我還是甘之如飴。

至此，上街、去市場，不論走到那裡，我都多了兩個小鈴鐺，兩個小伙伴。你若問孫子：「你是不是小弟弟？」他說：「不是！我是大哥哥！」你若再問孫女：「你是不是小妹妹？」她也說：「不是！我是大姐姐！」由此可知，他們是多麼希望快快長大。

不知不覺，就好像吹汽球一般，只不過一眨眼的工夫，他們真的長大了，而我卻變老了。

我們到東眼山爬山，這一對小兄妹人前人後攙扶著我，深怕腳步不穩有個閃失，好似我的拐杖。

我們去礁溪泡溫泉，他們在水中穿梭，玩水槍，打水仗，像兩條游魚。

我們搭麗星郵輪去旅遊，他們夾在人群中，在一層層的夾板上跳來跳去，好似兩隻小松鼠。

孫子政道每次與他爺爺下棋時，殺聲連連，甚至到對方手裡搶棋子，弄得不亦樂乎！

孫女政瑄具有寫作天份，文思敏捷，辭藻平易，每次作文比賽都得大獎。並且她有繪畫天份，不消幾分鐘便可拘勒出一幅婀娜多姿的少女圖來。

孫子政道喜愛運動，學校年年運動會，次次得獎牌。現在是小學六年級，金、銀、銅牌加起來少說也有十三、四面之多，掛在牆壁上長長一排，閃閃生輝。客人問起，我難免沾沾自喜，與有榮焉。

為了表示我的關懷，只要他們學業成績一百分，或者操行、才藝等獲頒獎狀的人，我都頒發獎金鼓勵。俗話說：「重賞之下必有勇夫」，果然個個成績名列前茅。

有時他們參加戶外教學或園遊會，多多少少我會給一點零用錢。不料，晚上回家時，他們總會伸出那雙胖嘟嘟的小手，捧著一包東西說：「奶奶！這是送給你的禮物！」至於是什麼東西？我摸了摸，已然猜出八九不離十。打開一看，果然是Hello Kitty。我當然喜歡的不

得了，祖孫二人又親又抱鬧成一團。

為什麼他們會送凱蒂貓給我呢？因為我是凱蒂貓迷，是凱蒂貓收藏家。別人的臥房是純睡覺的地方，我的臥房竟是凱蒂貓展覽室，大、小、站、坐、臥的都有。因為我喜歡凱蒂貓的憨厚，純潔、可愛的模樣。除了我女兒丹青出國帶回幾個大型的外，其他那些琳琅滿目小巧可愛的凱蒂貓，都是兩個小傢伙蒐集來的。

兒子冬青是中國文化大學音樂系畢業，主修聲樂和鋼琴，為了練琴方便，我家樓上樓下各有一臺。孫子和孫女也許是受到他爸爸的遺傳，自自然然彈得一手好琴。再加上他爺爺喜歡吹陶笛，每人也給他們買了一個陶笛。自此，天天家中樓上樓下琴聲鏗鏘，笛聲悠揚，迷漫著一種醉人的音樂氛圍，成了音樂世家。

最近，我和我先生一時興起學起太極拳，此一拳術莫測高深，對一個人的身、心、靈有所助益。我想：他日練成後，將選擇一套簡短拳術，傳授給孫子、孫女。

到那時，若逢親子活動等場合，我們祖孫四人便可大大方方出列表演，讓眾人觀賞。兩老兩少，鶴髮童顏，拳來拳往，豈不成為人間佳話。

近些年，臺灣流行卡拉ＯＫ，為了趕時髦，我不甘後人，便買了一些ＣＤ，三不五時練唱起來，我反反覆覆一遍又一遍，要練上幾天才會唱一首。可是兩個小寶貝，在一旁只不過偶爾聽上一兩句，過不了多大一會功夫，已能朗朗上口，頓時成為祖孫二重唱。

有人說：「與子女意見不同叫代溝」，那麼，若與孫子輩意見不同豈不叫做「二代溝」，此事我已得到應驗，譬如說：你想看連續劇，他們想看卡通影片。你想吃燒餅、油條、豆漿，他們想吃漢堡、炸雞、薯條。你想看功夫、醉拳、唐伯虎點秋香，他們卻要看阿凡達、魔戒、哈利波特。表決結果，兩票對一票，我始終站在輸的一方。

近來，當我與同年紀的人聊天，他們都說我變得年輕了，頭腦新、有活力，思想現代化，甚至送給我一個外號叫「老頑童」。因為我與孫子們在一起，經過長期的耳濡目染，我能上網，我有我的部落格和伊媚兒。

如今，我才深深體會到——有家的地分要有孩子，有孩子的地方才有歡樂。

* * *

現在孩子也許是受了大眾媒體的薰陶，受了電視的感染，凡事不但能夠舉一反三，甚至能夠聞一知十。不由使我想起一個古老的故事。

從前有位農人為兒子請了一位老師，到家裡來教兒子識字。這位老師第一天教了個「一」字，第二天教了個「二」字，第三天教了個「三」字。

到了第三天晚上，兒子對他父親說：「原來讀書是這麼容易！我統統學會了，不用老師再教了。」他父親為了省錢便辭退了老師。

有一天，要請萬先生吃飯，他父親叫他寫一張請帖，左等右等他還沒寫好，他父親問道：「怎麼寫的這麼慢？」

他兒子在屋裡高聲回答說：「快好了！我已經寫到八千了。他為什麼不姓百不姓千，偏偏要姓萬？」

小狗球球

育英幼稚園李園長送給我一隻小狗，才出生三天，眼睛還沒張開。據她說：「一共生了八隻，母狗沒有奶水，恐怕養不活，不如分送給人，讓大家分擔著養，如果牠們的造化好，說不定能活下來，也算是功德一件。」

小狗圓鼓隆咚，一個小盆子就裝得下，很像一個小圓球，我便替她取個名字叫「球球」。

由於我要照顧店裡的生意，為了方便起見，我便把球球放在櫃枱旁的一個小布袋裡，接上一盞小燈泡，既能照明又能保溫，三不五時餵牠吃幾口牛奶。

閒來無事便從布袋裡提溜出來，抱在手中，暖呼呼！軟綿綿！好似一個絨毛玩具，甚是討人喜愛。一些前來店裡購物的顧客，爭先恐後抱著玩耍，尤其是小孩子們愛的不得了。

漸漸眼睛睜開了，只要放在地上，牠便奮力往沙發上爬，爬到一半摔下來，再爬……。幾番折騰，終於可以爬上沙發，氣喘吁吁，與你平起平坐。

也許牠發覺沙發上更柔軟，更溫暖，更好玩，便整天賴在沙發上。不是跳來跳去，便是趴在你的腿上靜靜地陪你看電視，或者靠在沙發一角，閉上眼睛打呼嚕，睡大頭覺。

就這樣一天天長大了，雖然是一隻土狗，但是小型的，毛髮呈棕色，嘴尖尖，很像一頭小狼犬。

說牠是小狼犬並不為過，因為牠相當機靈，也有喜、怒、哀、樂，即使不會說話，卻很會聽話，只要你重覆幾遍，牠便牢牢記住，使個臉色，牠便會了意，似乎有五、六歲兒童的智商。

有一段時間，我常到菜市場旁那家牙科診所看診，菜市場離我家少說也有三、四里路，而且曲裡拐彎，經過一些房舍、水溝、小路。每次只要說一聲：「球球，去看牙了！」牠總是跑在前頭，頭也不回，好似一團棉絮在滾動。及至到了那裡，球球已然趴在那家診所門前張望，彷彿在說：「我早已到了，在等你。」

還有更離譜的呢！有一天，我先生帶著球球到坡塘散步，走累了，便席地而坐靠著大樹打盹。一覺醒來，球球不見了，只好繞著坡塘找，一圈又一圈。邊找邊敞開嗓門喊：「球球！球球！」大片草叢，茫茫煙波，那裡又有球球的影子？

我先生怕我埋怨，一直挨到天黑才邁著沉重的步伐回家，見了我結結巴巴地說：「球球弄丟了！」我向沙發上一指：「你看！那是什麼？」他急忙瞄了一眼，嚇了一跳，萬萬沒料到，球球已一聲不響偷跑了回來。

球球最喜歡逛菜市場了，只要我說：「去買菜了！」牠便縱身一躍，跳進菜籃車裡，任我拉著走，兩眼望著天，不論誰叫都不理，嚴然一副紳仕派頭。

我先生有時到樓上看書或寫文章，球球都會跟著上去，坐在他身旁陪伴他。時間久了，球球便覺得不耐煩，發出一種低沉的吠聲，我先生便說：「你要下去就下去嘛！」只見球球馬上爬起來，登！登！登！登！跑下樓。

常聽人家說：狗能看見人看不見的東西，聽到人類聽不到的聲音，那或許是人與狗所接收頻率不同的緣故吧！此事似乎不假，因為球球也具有這種「特異功能」。

有一次，鄰居一位老伯伯去逝了，已經出殯多日，我先生有事去他家，球球也跟著去了。一進門，牠就全身打顫，兩眼發直，整個身體癱軟在地上，真是活見鬼。主人問：「怎麼啦？」我先生硬著頭皮說：「沒事！沒事！」離開他家後果然沒事，一路蹦蹦跳跳跑回家。

球球一時興起會找你陪牠玩老鷹抓小雞，牠會反覆抓著你的腿磨蹭，直到你不耐煩站起身來，牠便繞著屋子團團轉，甚至在沙發上、茶几上跳來跳去。當我見此情景，難免童心大發，也跳來跳去張開雙臂假裝去抓牠。誰知兩條腿怎麼也沒四條腿跑得快，當然抓不著。久了，玩累了，她便站著不動，故意讓你抓住打屁屁。

每當我先生外出，牠會人前人後叫我先生帶牠一同出去。要不然就會坐在門口一直張

望，等著我先生回家，不論多久，會一直等下去，任你怎麼叫也叫不回來。

寒流來襲的一天晚上，一時大意竟將球球關在門外。次日清晨一打開門，猛不提防，球球撲上身來，又親又叫，把我嚇了一跳，好似久別重逢。

如此無緣無故被關了一夜，天氣又濕又冷，牠非但不記仇，不氣憤，反而與你格外親熱，這是咱們人類無法相比的。

俗話說：「狗記千，貓記萬，老鼠只記一大片。」這是說狗、貓的記性好，能記住很遠的地方。其實，牠們對於一般事物記性也是超強。

譬如說：牠剛出生三天，眼睛還沒睜開，就被送到我家來飼養。可是，只要牠原來的主人一出現，或者在幼稚園做飯的陳媽媽，乃至王司機到我家來，牠都像瘋狂一般，一躍而起，撲在他們身上。嘴裡發出囈語般的聲音，似撒嬌，似埋怨，狀極親熱。對方也只得輕輕地溫柔地撫摸著牠說：「乖！球球乖！」一種久別重逢的景象映入眼簾，使我見了心中不免酸溜溜。也許牠是從聲音從氣味去辨識他們。

如此情景，心中有幾許不捨，基於人道關懷，於是提議讓牠「返鄉探親」如何？李園長也欣然同意，於是抱起牠回幼稚園。一群人歡歡喜喜，浩浩蕩蕩。誰知到了那裡，牠卻四顧茫然，一直賴在李園長的懷裡不肯下地。或許牠離家時尚未睜眼，只聞其聲辨其味，而對周遭環境陌生吧！

尤其難得的是球球從來不在家中大、小便，我先生怕牠憋得難受，每天清晨上班前，晚上睡覺前都會帶出去方便，風雨無阻。當然，不會忘記帶草紙撿狗屎。

球球最討厭洗澡了。每次洗澡都躲在籠子裡不肯出來。我先生三番兩次叫牠牠不理，如果用手拉牠，牠便齜牙咧嘴，發出汪汪的警告聲。我實在看不過去，便狠狠地說：「渾帳東西！叫你洗澡你還想咬人，看我怎麼收拾你！」我的棍子還沒拿來，牠已一溜煙跑了出來，溫馴地站在我旁邊，等著洗澡。

有一天，球球在門前玩耍，被一輛疾駛的摩托車撞個正著，我馬上抱起來，見無反應，知道事情不秒！正想質問之際，不料對方卻發了飆：「為什麼不把狗栓起來！妳看！我的手臂摔傷了！」我一時不知所措，瞠目結舌。

我含著淚目送機車揚長而去。只有叫我先生抱到「寵物之家」急救，誰知到了那裡已是回天乏術。

每次想起善解人意的球球帶給家人無限歡樂，排遣我無窮寂寞，如今牠已不在身邊，彷彿有一種失落感。

＊　＊　＊

「日走一萬步，身體有保固」，這是紀政女士的名言。孫先生奉行不渝，每天一大早，不論颳風下雨總會帶著小狗出門散步。

有一天，小狗獨自跑了回來，孫太太久久不見先生回家，擔心出了意外，於是偕同小狗出門去找。

出了門，小狗自動跑在前面，孫太太尾隨其後，左轉右拐，終於在一家公寓門前停了下來。

孫太太有些疑惑，推門一瞧，原來她先生正與一位女人溫存。

四個願望

我先生是一位退伍老兵，躲了日本軍閥，歷經八年抗戰，當過流亡學生，如今居然出書了，真是新鮮事。書中描寫蘇北老家，沒有悲鄉情懷，只有舊世代的淳樸之美。

我先生一向相信哲學家柏拉圖臨終前曾說過的話：「男人一輩子應該要做到四件事：『造一棟房子、生一個兒子、種一棵樹和寫一本書。』」

前三項已先後完成了，首先是貸款買了房子，房子坐北朝南，冬暖夏涼。我又為他生了一個兒子，小兒冬青為人師表，現在連兒子都有了兒子。去年先生又買了一株松樹幼苗，在屋後種下，如今已是枝繁葉茂，象徵著松柏長青。正巧在這個節骨眼上，出版社決定出他的散文集《童年往事》，怎不讓他喜出望外。

我先生民國三十八年來到臺灣澎湖，當兵時才十六歲。之前他是「流亡學生」，可以想見的是流亡學生整天東奔西跑，還要挑煤、砍柴、搬糧、做飯……，若說讀書誰也不會相信。自從「投筆從戎」之後，筆都沒了，更甭提讀書的事。像這種大字不識一籮筐的人，居

然能夠出書，簡直讓人笑掉大牙，所以我常叫他「素人作家」。

聽說寫作要靠靈感，他自從大陸探親回來後，竟開了竅，莫名其妙的靈感突然來了。整個人都變了樣，像著了魔似的，拿著紙、筆鬼畫符。據他說：「『八十歲才學吹鼓手』都不會嫌晚。我才七十啷鐺歲，算得了什麼！」我知道，探親擾亂了他的思緒。半世紀以前的家鄉事務，就如同翻江倒海一般從腦後逐一浮現，一下子全記起來了，彷彿從魔鏡中看到他的前世今生。於是一股腦地寫、寫、寫……寫出他的素樸童年、泥土芬芳、流水涓淙，以及中國亙古之美。

為了提高寫作水準，我們家訂了一份《中央日報》，該報副刊上的文章我先生幾乎篇篇都讀，據他說：「只有《中央日報》上的文章他看得懂，因為那是寫給大眾看的。」字彙通俗、簡易，好像作者面對面與你聊天一般。甚至有時會把自己幻化成文章中的角色，心境會隨著情節律動。至於其他報刊上的文章，文筆艱澀，是專門寫給有學問的人看，寫給編輯看，寫給評審看。

常聽我先生說：「為什麼日本人那麼喜歡看書，不論車站、機場、碼頭都是人手一冊，就是因為他們的文章通俗化、口語化。」

基於這種原因，他就用他的語言，他家鄉的語言，也是一般民眾共通的語言，寫出他半個世紀的思鄉情懷。他期盼他的鄉土文學，能為當今功利社會、速食文化移風易俗。能為書局到處充斥的食譜、減肥指南、投資與理財、八卦新聞、政治惡鬥，乃至那些文字排列組合顛三倒四，令人有看沒有懂的書刊，注入一股清流，那怕只是一個小水滴也好。

另外，女婿宜璋又送了一部字典，兩年下來，字典都被他翻得髒兮兮、爛巴巴。他認為自己文章好不好是一回事，但不能出現錯別字。錯別字就好像是飯裡面摻沙子，沙子一多，再香的飯也不好吃了。因此，他寫好了文章，總是一遍遍的檢查、校勘，希望錯別字能減少到零。

此外，我先生對「標點符號」也很重視，下筆時一再斟酌。他認為標點符號就如同女人的胭脂、口紅，使用得宜可以使人亮麗。否則，就成為「不俏裝俏惹人笑」了。

我還記得，他的第一篇散文寫的是〈吃地瓜的童年〉，投給《中副》，過不了幾天便登出來，我們非常歡喜，稿費拿來加菜。接著又寫了〈玻璃彈珠〉，《中副》又登出來了。於是我先生精神大振，好像打了一針強心劑，就這樣兩年多來邊寫，邊投，邊登。總共寫了五十一篇，也登出來五十一篇。說也奇怪，莫非編輯先生與他有緣，看他的文章順眼。

自此以後，我打從心坎兒裡服氣，不再叫他「素人作家」，而改口稱他「投稿作家」了。

在投稿作家的文章裡，其中〈三棵棗樹〉一文，曾榮獲桃園縣第一屆散文創作獎。〈手足情深〉一文，由大陸《江蘇黃埔月刊》以簡體字轉載。至於其他篇章大陸報刊有無轉載，則無從查考。足證好的文章無遠弗屆。

顯而易見的，我先生的文章未曾精雕細琢，字裡行間還夾雜著一些俚語、方言、民謠、童話，以及即將被人遺忘的「諺語詩」。想不到這種難登大雅之堂的鄉土作品，竟能獲得讀者的喜愛，激起不少回響。

俗話說：「要想人前顯貴，先要人後受罪。」看到我先生的情形，才知道出書不能靠運氣。

只見他將報刊上登過的稿子剪輯、黏貼、編目錄，忙活了一陣子之後。為了寫「序」，也曾找過幾位名流、學者。可是他們都以「忙」為理由而搪塞。再請文化界的前輩推薦，也被打了回票。我先生心知肚明，每每夜間睡不著覺，暗自嘆氣。他深知這「土文學」上不了檯面，那些有頭有臉的人怕辱沒自己的身份，沾上一身土氣。

我先生就這樣抱著厚厚一疊文稿毛遂字薦，進出一家家出版社。可想而知怎樣送出，怎樣退回。我先生從來不以為意。反而認為「千里馬易得，伯樂難尋」。並且說：「世界文學名著《飄》的作者密契爾都遭到三十八家出版社拒絕出書，我這點挫折算得了什麼！」

想不到我的另一半，這位七十多歲的退伍老兵——李昌民，搖身一變，由素人作家——投稿作家——土作家——毛遂自薦作家，一夕之間竟成為「老」作家了。不明就裡的人還以為他的寫作資格老，其實他是一個文化新兵，只是年紀大而已。果真應了他的那句話：「人老也能出色。」

我先生緊緊抱著他的新書——《童年往事》喜極而泣，激動地說：「我的第四個願望達到了！」

＊　＊　＊

我先生認為出版社的編輯有成見，看不起一些無名作家。有一次，特地在文稿中用漿糊沾上幾頁，結果仍是原封不動退回來。我先生理直氣壯打電話去問：「你們連文章都沒看，怎麼知道好壞？」

編輯回答說：「我們要想知道一個鴨蛋壞了沒有？不一定非把它吃完不可！」

戲水

來到菲律賓長灘島，放眼望去白沙一片，人潮洶湧，海上帆帆點點，大家都在瘋狂地玩水，熱鬧極了。

斯情斯景，不由童心大發，大夥換上泳衣，一湧而上，玩起海上遊戲來了。

細看之下，海上計有風帆船、拖曳傘，香蕉船，水上摩托車、海釣船、浮潛等。

只見那兩片藍藍的帆，拖著一葉輕舟，在大海中漂來盪去，自由自在，原來那叫「風帆船」。這種船沒有動力，全靠兩個風帆使勁，常聽人家說：「船使八面風」，今日搭乘，果然不虛，才真正體會出臨水的妙趣！

其實，風帆船只是個獨木舟，前突後翹，兩片蔚藍的三角布帆一正一斜高高升起，兩邊兩個用竹子編成的翼，保持平衡。我們一邊三個人就坐在翼上，其他一切空空如也。

我們將兩條腿伸進水裡，只見兩個年輕小伙子一立一坐，駕輕就熟操縱船帆，只覺小船如風馳電擎一般，凌波而去。

涼風拂面，小船漂呀漂地，不一會便漂到江洋大海之中了。只見白浪濤天，迎面撲來，濺得全身濕透，一時之間彷彿把我們捲入海底，眾人驚呼連連，只見兩個船伕好像猴子一般在支架上穿梭，扯動纜繩，調轉方向，這才穩住船身。

稍頃，我們抹去臉上的海水，眼前又是光明一片，此時才真正見到了大海的遼闊、驚奇、壯觀。

風帆船在海上繞行一周，轉了回來，眾人似乎意猶未盡，直呼「過癮」！

相較之下，「海釣」算是一項靜態的活動了，大家坐上一艘螃蟹船出海，此船是在一艘動力船的兩側綁上竹筏，看上去狀似八隻腳的螃蟹一般，以便保持平衡。

待船駛至大海之中，我們一行十六人便分坐在船的兩側竹筏上，船老大給了我們每人一捲釣線，尾端綁著幾個釣鈎，釣鈎上掛著餌，我們便如兒童般地做著遊戲，兩隻手輕巧地轉動木輪，釣線便緩緩下降。

不料，我剛放下的剎那，便感覺有種力道扯動，釣線下沉。我本能地提起一看，竟是一尾手掌般大的魚，顏色呈花黑色，在釣鈎上不停掙扎，看起來很像誰家魚缸裡養的金魚，眾人紛紛轉身觀望，一陣驚呼！船老大為我拍照留念，又把魚兒取下拋入大海。

就這樣，你釣一條、我釣一條，各有斬獲，隨著歡呼之聲此起彼落，眾人玩得不亦樂乎！

「拖曳傘」不但美妙，而且驚險、刺激。說穿了，那是用一艘快艇拖動著一頂巨傘緩緩升起，我們一個個坐在海中平臺上等待，輪到的人便繫在巨傘尾端，綁好安全帶，檢查快卸鎖，船務人員一揮手，快艇便疾駛而去，船尾長長的纜繩隨即牽動一頂巨傘升空。

當升至半空中時，巨傘自然打開，而傘上的人彷彿神仙一般騰雲駕霧，一片茫茫大海盡在腳下，但見海上一切活動就如同兒童玩具一般漂動、游移。

什麼是「浮潛」，以前只聽說過，可是從來沒有做過。記得小時候家鄉人游泳就叫做「浮水」。不論你是使用腳踩水，或是用手按水，乃至狗爬式的打澎澎，只要能將身體浮在水面上，說它是浮水那是再貼切不過了。要想潛水也不難，先行深深吸一口氣，用食、中二指堵住兩個鼻孔眼，閉上眼睛，一個猛子栽下去，不就成了。只是氣不能憋得太久，不多一會就要浮出水面換氣。再說，眼睛是閉著的，潛進水底烏漆嘛黑，也覺無趣。

可是長灘島的浮潛就不同了，即使沒有氧氣筒，但能有一付蛙鏡和一個呼吸器就能搞定。呼吸器是放在嘴裡含著，卡在門齒與嘴唇之間。入水之後即可用嘴巴自由呼吸了，呼吸器彷彿有著魚鰓相同的功能，只進空氣不進水。

據我先生說：浮潛下去不但能觀賞到海裡的游魚、珊瑚礁，而且也能觀賞到各類海藻。往往潛下去的人忘情地遨遊海底世界，久久不見浮出，害得船上的娘子軍們焦燥不安。

「香蕉船」顧名思意船體像一根大香蕉，七、八名遊客可以一字長蛇陣跨坐其上，雙手緊握把手。此船沒有動力，只是將前端一條纜繩繫在一艘快艇上，由快艇拉著走，快慢隨著快艇速度而定。

只覺快艇加速馬力，一陣急似一陣，向前衝去，我們的香蕉船如影隨形一陣急駛。原本左、右兩條腿伸入水中，經快艇全速衝刺，只覺迎面巨浪壓頂，波浪濤天，分外驚險、刺激、有趣。

直到香蕉船隨著快艇在那無邊無際茫茫大海巡遊一周，回到岸邊，我們仍是驚魂未定，彷彿在龍王宮走了一圈，重回人間。

諸如以上這些海上活動，除了拖曳傘和香蕉船之外，其他都用螃蟹船設定，即使我們來時乘坐的小渡輪也是如此。

為何他們對螃蟹船情有獨鍾？說穿了是為「安全第一」！一看就知道那是一種安全措施，只要將船的兩側綁上竹筏，即使遇上大風大浪，左右搖擺，船也不會翻覆。

放眼望去，沙灘上多是藍眼睛、黃頭髮、白皮膚的西洋人，或坐或臥晒晒日光浴，別有一番情趣。

長灘島長十四公里，寬七公里，因有長長的沙灘而得名，計有一、二、三號三個碼頭。沙灘一側長長一條小街，一面臨海，眾人身著泳裝，足趿拖鞋，拘肩搭臂熙來攘往。

一入夜晚，霓紅燈千盞萬盞把沙灘點綴得分外美麗，椰林搖曳，濤聲拍岸，啤酒屋傳來歡聲笑語，咖啡館飄來陣陣幽香，多麼令人陶醉。

而咱們臺灣旅遊團穿著整齊，揹著背包，在大太陽底下，滿臉汗珠，跟著導遊轉來轉去，像趕鴨子似地聽他講述行程特色：

Lonely Planet 旅遊書評選為全世界最美麗的沙灘之一。

英國*BMW*旅遊雜誌評選為世界最美沙灘之一。

asia-hotels.com 評選為亞洲最美沙灘。

The British Publication TV Quick 評鑑為熱帶海灘第一名。

遊客一個個聽得目瞪口呆，咋咋稱奇，接著就是「哇塞！哇塞！」驚呼連連，彷彿有著不虛此行之感。趕快拍照留念，以便回家向親朋好友炫耀一番。

遊客中也有兩、三位長者，認為島上既無名勝古蹟可看，又不喜歡玩水，認為玩水是年輕人的把戲，脫掉衣服在沙灘上走來走去多難為情！於是飯後便往旅館裡鑽，再等待下一頓飯的時刻到來。

其實，咱們中國人何嘗不是個個如此，只曉得觀光、旅遊、看景點、照像、購物、吃大餐，充其量也只是在飯店裡「泡湯」而已。連喝酒、喝咖啡也是一飲而盡，乾杯連連，不知道品味美食，不懂得享受生活。說穿了，從來不知道什麼叫作真正的渡假。

一趟長灘島之旅，令我改變了觀念，知道什麼是休閒？什麼是娛樂？我才真正體會出渡假的樂趣！那就是：

心情放鬆，
拋棄煩惱，
無拘無束，
自由自在。

＊　＊　＊

張先生買了一包糖菓，託趙大娘帶給自己的孩子吃。

趙大娘有些為難地說：「我又不認識你的孩子呀！」

「沒關係！我的孩子最可愛，最漂亮，絕對不會搞錯。」張先生說。

趙大娘來到廣場上，左看右看，還是覺得自己的孩子比別人的孩子可愛，漂亮，於是把糖菓給自己的孩子吃了。

鹽洞

東歐之旅彷彿只是去維也那聽交響樂，遊藍色多瑙河，登阿爾卑斯山，布拉格宮看壁畫。要不然就是逛城堡、買LV包、吃鵝肝醬而已。其實，那些都是人盡皆知的表相，誰又知道那裡有夢幻般的地底世界。

除了鐘乳石洞、地下湖變換莫測令人驚奇外，還可搭乘小船佝僂著身體，轉呀轉，前突後衝，體驗詭譎的地下氛圍。

而那綿延縱橫的啤酒窖，堆滿了大桶大桶的啤酒，遊客可以擎起大杯，從這些橡木桶中注入黃澄澄的液體，讓你一醉方休。

但，埋藏了千年萬年與生活息息相關的，那就是「鹽洞」了。這些鹽洞生產「岩鹽」，與三國時代諸葛亮在四川開發的「井鹽」大相逕庭。

導遊一聲吆喝：「逛鹽洞了！」大家一陣雀躍，紛紛換上整潔、純白、厚厚的絨毛衣褲，戴上絨帽，一字長蛇陣般地跨坐在小火車上，往黑黝黝的地道進發。

我們一行二十餘人，首尾相接，就如同跨上香蕉船般地排成一串。車子一經啟動，耳際間轟轟隆隆，冷風拂面，鬼影幢幢，只覺蜿蜒曲折，猶如進入時光隧道。

也不知行駛多久，燈光乍亮，彼此面面相窺，個個臉色蒼白，驚恐？木然？不覺相視一笑。

接著，大家東張西望，四處搜尋，以為已到了挖鹽的所在，原來這才是地底鹽層的入口處，剛才只不過是過程而已。

導遊指了一指，叫我們溜滑梯到洞底，「我的媽呀！」有人失聲驚叫，因為鹽洞深不見底，而且那呈四十五度的木造滑梯，在微弱的燈光下，著實有些驚人。

彼此面面相窺，畏畏縮縮，導遊見此情景，把頭搖得像貨郎鼓。

我心裡想：很多人都知道圓山飯店底下有一條秘道，卻不知道秘道裡藏著一座蔣中正總統「專用溜滑梯」，這可不是老人家童心未泯，而是當年兩岸對峙時下的產物，在危急時讓行動不便的老蔣總統可隨時撤離。

既然為了逃命，老蔣總統都溜，咱們怕什麼！況且我還坐過向下垂直九十度的雲霄飛車呢！

想到這裡，心隨念轉，於是奮勇當先，與我先生兩人一組抬腿坐在約一呎半寬的滑梯上，整個人幾乎躺平，我先生坐在前面，雙手輕扶滑梯邊緣，後面的我緊緊抱住他的腰際。

甫即坐定，導遊便在我背後輕輕一推，只覺整個人如騰空一般，疾如流矢向下墜落，似乎有隨時被摔出去的可能。

強風夾雜著我倆的尖叫，剎那滑落洞底，衝出數呎之遠才煞住。只覺陰風颼颼，恍若進入十八層地獄，原來這兒是零下十一度，害得我先生鼻涕直流。睜眼一看，不覺眼花撩亂，人已置身「鹽的世界」了。

眾人紛紛到了洞底，清點人數竟然少了兩位，導遊面色泛黃不知所以。少頃，只見一對膽小夫妻，蹣蹣跚跚從那狹窄濕滑坡道走了下來。

解說員告訴我們：由於奧地利不臨海，是東歐的內陸國家，無法出產「海鹽」，必須向他國購買。加上當年交通工具落後，導致「鹽」的價格高昂，幾乎可與黃金媲美。可想而知，誰若屯積的鹽多，誰就是財主，誰就稱得上達官貴人。經過連年征戰，你爭我奪，可想而知擁有最多鹽的人就是教皇了。

因為人不能一天不吃鹽。

相傳：有一個牧羊人每天趕著羊群上山吃草，可是每當黃昏時分他趕著羊群回家，經過一片光禿禿的山丘時，羊群總會停下來舔那些石塊，趕也趕不走，非要等牠們舔足了舔夠了才肯離開。牧羊人有些好奇，乾脆自己撿塊石頭舔一舔。一舔之下，只覺鹹鹹的，原來那是一塊塊的「鹽石」。

「不得了！奧地利得救了！我發現寶藏了！」牧羊人連羊也不顧，捧著一塊鹽石邊喊邊跑跑回村子裡。不多久，全村的人都知道了，簇擁著他來到山上撿鹽石。接著，臨村的人，臨村臨村的人也來了，只見滿山遍野都是人，如此螞蟻雄兵，不到半天功夫，整個山頭清潔溜溜。

接著，就展開圍籬開發的工作。

鹽價隨著賤了，人們也能充份享受到食物高鹽的滋味。客人來了，為了熱誠款待，誰還吝惜烹飪時多加鹽。因此，流傳至今，食物愈鹹愈表示主人待客的誠意。

如此惡性循環：食物愈鹹，愈覺得口渴，口越渴，越想喝水，水喝多了，便想小便。然而，東歐水資源缺乏，溫泉不用來泡湯，是拿來喝的，況且，廁所少得可憐，商家不借用廁所，你想想：在那種情形下豈不是——鹹死你！渴死你！憋死你！

如今，交通發達了，海鹽運輸便捷了，相較之下，岩鹽的開採已不敷成本，自此，開採了千百年的鹽洞，便告功成身退。

鹽洞封是封閉了，並未被人們遺忘。相反地，卻以嶄新的面貌對外開放，是為了開闢觀光資源。要不然，他們在沒有工業、沒有農業、沒有商業的條件下，若不依賴無煙囪工業——觀光，如何能夠生存下去？

鹽的世界別有洞天，通道縱橫交錯，四通八達，若不作成記號，指出行進方向，難以走得出來。古代機具不發達，只靠鑿子、鐵錘、十字鎬等簡易工具挖掘，可見當時工作之艱辛。

走著，走著，偶然壁間還會冒出一個模形人體來，上半身露在外面作掙扎狀，下半身則擠壓在鹽石中，狀極悽慘。據說：最大的一次礦坑災變奪走兩百多條人命。經挖掘出坑後仍然歷久不腐，想必是由於高濃度鹽滷侵蝕的關係吧！這也是奧地利食物特別鹹的另一原因，因為鹽能消毒、殺菌、防腐……。

看看坑道頂端及兩側樑柱的紮實，猶如銅牆鐵壁。再加上我們穿上厚厚純白的防護衣帽進入洞底，刻意保持洞內清潔，不受污染，便可了然他們多麼珍惜這千年不墜的基業。或許有朝一日，戰爭再起，交通斷絕，海鹽無從輸入之時，鹽洞又要翻紅，再度開發了。

這是他人們為子孫保留一條後路，給觀光客一些啟發，無限遐思。真真是：

多瑙河畔風光好，
逛完教堂逛城堡，
鹽洞保持真完整，
多買幾個ＬＶ包。

男女高音真美妙，
路旁小屋添花俏，

布達拉宮多宏偉，
有軌電車嘟嘟叫。

默劇滑稽惹人笑，
溫泉只喝不用泡，
石塊鋪路千萬年，
馬車嘀噠滿街跑。

阿爾卑斯山風嘯，
咖啡啤酒滋味好，
奧捷斯匈四小國，
東歐之旅樂逍遙。

* * *

出了鹽洞，在旅途上，我先生講了一則他小時候玩過與鹽有關的遊戲：

小時候，交通不便，鹽稅很高，導致鹽特別貴，因此，走私盛行。凡是納過稅的官鹽叫

「大鹽」，走私的鹽叫「小鹽」。而且家鄉的鹽都是結晶體，呈現顆粒狀。

小朋友玩的是「警察抓鹽梟」，有的人扮警察，有的人扮鹽梟。

賣鹽的人兩人一組，前後站立，面向相同方向，前面人的雙手後伸，拉著後面人的兩隻手，好像拉車一般，到處遊走。嘴裡不停吆喝：「拉大車賣小鹽，一個粒子兩個錢！」

警察高聲問道：「大鹽？小鹽？」

賣鹽的人如果回答：「大鹽！」他便放行。否則，回答：「小鹽！」他便抓他們，只追得雞飛狗跳，很好玩。

語言文學類　PG0711

眷村之戀

作　　者／李昌民、張文莉
責任編輯／陳佳怡
圖文排版／邱瀞誼
封面設計／陳佩蓉

發 行 人／宋政坤
法律顧問／毛國樑　律師
印製出版／秀威資訊科技股份有限公司
114臺北市內湖區瑞光路76巷65號1樓
電話：+886-2-2796-3638　傳真：+886-2-2796-1377
http://www.showwe.com.tw
劃撥帳號／19563868　戶名：秀威資訊科技股份有限公司
讀者服務信箱：service@showwe.com.tw
展售門市／國家書店（松江門市）
104臺北市中山區松江路209號1樓
電話：+886-2-2518-0207　傳真：+886-2-2518-0778
網路訂購／秀威網路書店：http://www.bodbooks.com.tw
國家網路書店：http://www.govbooks.com.tw
圖書經銷／紅螞蟻圖書有限公司
114臺北市內湖區舊宗路二段121巷28、32號4樓
電話：+886-2-2795-3656　傳真：+886-2-2795-4100

2012年3月BOD一版
定價：270元

國家圖書館出版品預行編目

眷村之戀 / 李昌民, 張文莉合著. -- 一版. -- 臺北市 :
秀威資訊科技, 2012.03
面 ; 公分. -- (語言文學類 ; PG0711)
BOD版
ISBN 978-986-221-908-9(平裝)

855 100028121

讀者回函卡

感謝您購買本書，為提升服務品質，請填妥以下資料，將讀者回函卡直接寄回或傳真本公司，收到您的寶貴意見後，我們會收藏記錄及檢討，謝謝！
如您需要了解本公司最新出版書目、購書優惠或企劃活動，歡迎您上網查詢或下載相關資料：http:// www.showwe.com.tw

您購買的書名：＿＿＿＿＿＿＿＿＿＿＿＿＿＿＿＿＿＿＿＿

出生日期：＿＿＿＿年＿＿＿＿月＿＿＿＿日

學歷：□高中（含）以下　□大專　□研究所（含）以上

職業：□製造業　□金融業　□資訊業　□軍警　□傳播業　□自由業
□服務業　□公務員　□教職　□學生　□家管　□其它＿＿＿

購書地點：□網路書店　□實體書店　□書展　□郵購　□贈閱　□其他

您從何得知本書的消息？
□網路書店　□實體書店　□網路搜尋　□電子報　□書訊　□雜誌
□傳播媒體　□親友推薦　□網站推薦　□部落格　□其他＿＿＿＿＿

您對本書的評價：（請填代號　1.非常滿意　2.滿意　3.尚可　4.再改進）
封面設計＿＿　版面編排＿＿　內容＿＿　文／譯筆＿＿　價格＿＿

讀完書後您覺得：
□很有收穫　□有收穫　□收穫不多　□沒收穫

對我們的建議：＿＿＿＿＿＿＿＿＿＿＿＿＿＿＿＿＿＿＿＿

＿＿＿＿＿＿＿＿＿＿＿＿＿＿＿＿＿＿＿＿＿＿＿＿＿＿

＿＿＿＿＿＿＿＿＿＿＿＿＿＿＿＿＿＿＿＿＿＿＿＿＿＿

＿＿＿＿＿＿＿＿＿＿＿＿＿＿＿＿＿＿＿＿＿＿＿＿＿＿

請貼
郵票

11466
台北市內湖區瑞光路 76 巷 65 號 1 樓
秀威資訊科技股份有限公司 收
BOD 數位出版事業部

....

（請沿線對折寄回，謝謝！）

姓　　名：__________________ 年齡：________ 性別：□女　□男

郵遞區號：□□□□□

地　　址：____

聯絡電話：(日) ____________________ (夜) ____________________

E-mail：____